心无尘，自清净

勾淑秋 著

中国华侨出版社
北京

图书在版编目（CIP）数据

心无尘，自清净 / 勾淑秋著 .—北京：中国华侨出版社，
2020.1

ISBN 978-7-5113-8129-3

Ⅰ.①心… Ⅱ.①勾… Ⅲ.①散文集—中国—当代
Ⅳ.① I267

中国版本图书馆 CIP 数据核字（2019）第 296863 号

心无尘，自清净

著　　者：勾淑秋

责任编辑：刘晓燕

责任校对：孙　丽

经　　销：新华书店

开　　本：670 毫米 × 960 毫米　1/16 开　印张：15　字数：167 千字

印　　刷：河北省三河市天润建兴印务有限公司

版　　次：2020 年 7 月第 1 版

印　　次：2024 年 2 月第 2 次印刷

书　　号：ISBN 978-7-5113-8129-3

定　　价：42.00 元

中国华侨出版社　北京市朝阳区西坝河东里 77 号楼底商 5 号　邮编：100028
发 行 部：（010）64443051　　　传　真：（010）64439708
网　　址：www.oveaschin.com　　　E-mail：oveaschin@sina.com

如果发现印装质量问题影响阅读，请与印刷厂联系调换。

推荐序
优雅的行走，诗意的栖息

"优雅的行走，诗意的栖息"，写下这几个字的时候，心是宁静的，有股淡淡的禅意。

有人说："书香女子宛如诗。"短短几个字把女子的优雅、淡然，以及从容的内涵完美概括。结识今生依梦，实属偶然，出于好奇，走进她的文学世界，瞬间被深深吸引。其文字优雅不失内涵，简洁不失哲理，徜徉其中，仿佛漫步在诗意的田园，给浮躁的心灵找到了一片栖息地。

都说知性的女子是优雅的，举手投足都有股淡淡地幽香，不骄纵，不浮躁，不攀比，浑身散发着无穷的人格魅力，她便是如此。

她的文字，清新脱俗，淡雅飘逸总能给人以美好的憧憬和温暖。在《寻梦江南》一文中，她这样写道："寻梦江南，烟雨濛濛中花开正好，身为异乡人能如此深爱江南这片沃土，皆因心中有梦……"短短的一段话，折射出她对美好生活的向往和期盼……

　　文学来源于生活，且高于生活。一个博爱的作者，内心永远是充满着美好的愿景的。品读她的作品，走进其内心世界，不难看出她是一个内心充满阳光且感性的人，字里行间总是有种对生命深刻的感悟。在《穿越时光的长河》中她说："时光无情也有情，至少还留给我们那么多明天可以追寻。我想，当火红的太阳升起的时候，我们迎接来的每一天都应该是新的开始，即便我们的人生在遭遇着寒冷与迷茫，都该感谢时光的赐予，并时刻带着一颗感恩的心，用乐观积极的人生态度，踏着坚实的脚步，一路欢歌，穿越时光的漫漫长河……"细细咀嚼其中的含义，那种积极乐观的精神状态，如一缕缕温暖的阳光，有满满的正能量。

　　常说，写作者的素材来源于自身，需要在生活中沉淀思想，才能升华自我。情感题材是文学作品中必不可少的，它不仅要融入一个作者的生活感悟，更要从小处见大道理，以一个普通人的人生轨迹、正确的人生价值观，来折射出一个个现实中的生活状态，从而产生心灵的共鸣。"跪在坟前，突然觉得和父亲离得那么遥远，又那么贴近，父亲没有走远，仿佛还在眼前。篱笆小院，仿佛听到父亲的咳嗽声；低矮的草房里，温暖的火炕上，您坐在火盆旁，脸上挂着慈祥的笑容；田埂上，您坐着抽旱烟歇息的画面；

二十七年前，那个风雨交加的夜晚，您紧闭双眼，和我做了一辈子的永别的那个瞬间，一一在眼前浮现。"这是她在《追忆我的父亲》中的一段话。年幼失去双亲，她把对亲人的思念倾注于笔端，真情实感流露在字里行间。读罢，令人潜然泪下，哽噎在喉。

　　每一个人都有属于自己的乡愁，也是永远打不开的情结。她在《看不见的故乡》中这样写道："时常在夜深人静之时，静静立在窗前，透过漆黑的夜色，眺望故乡的方向，深深思念。心里清楚地知道，沧桑巨变，斑驳了记忆，沉淀了年华，无法企及的永远是盼望。光阴的流逝，岁月的变迁，阻隔住自己的不仅仅是这深邃的长夜，还有那遥不可及的远方。漂泊之路的背后，是我永远不曾遗忘和看不见的故乡……"细细回味，那种游子漂泊他乡，殷切的思念之情，荡气回肠，平添伤感，萦绕心间，久久不能散去……

　　她的文字，简洁清新，自然流畅，娓娓道来，让人感觉像是在和另一个自己心灵的对话。她在《心无尘，自清净》中写道："这个世界上，每个人都在和自己独处，并非都需要融入彼此的内心，也无须走进谁的生命里。安置一颗浮躁的心，别让困扰搅乱了心境便好。"品读如此优雅的文字，深刻的哲理和感悟，有种舒缓、宁静、淡然，透露出清幽的禅意，令人陶醉。

　　在文学的海洋里，目光所及的文学作品里稀缺的不仅仅是优美的文笔、流畅的篇幅，更需要一个有着社会责任感的作者。她敢担当，直抒胸臆，传播深刻的思想内涵，引起读者的深思。"博古论今真正的文人会取其所长，弃其所短，不会茫然地把自己的自负放着首位，而是在循序渐进中不断完善自己，而达到最高的境界。"这是她在《文人的自负情结》中的一段阐述，她用简洁明了的语言，一语击中要点，其谦逊的求知态度，正直的人格，坦坦荡荡的做人准则，不难看出她谦卑的心态与较高的道德修养。

但愿，在通往文学的漫漫旅途中，她能够用博爱的胸怀、高深的思想，打造出一方心灵的净土，在诗意的田园安静地栖息，绽放生命的华彩……

孙文（黑龙江省作家协会会员）

目录

| 第二卷 | 穿越时光的长河

| 第三卷 | 照进心底的阳光

第四卷 人生与爱情

| 第五卷 | 人生天地间，忽如客已远

心无尘，
自清净

1... 心无尘，自清净

禅师说："本来无一物，何处惹尘埃"，对于这个浮躁的社会来说，能静心寡欲，能安静地回归自己，尤为重要。

时常觉得，宁静应该是一种修心的方式吧！然而，现实总是事与愿违。从来不喜欢喧闹的人，却一直置身于喧嚣。五味杂陈的心事，不能沉淀下来的浮躁，都是一种心态的体现。人只有安静下来的时候，才能冷静客观。心静了，一切自然清晰，看问题的角度也自然深刻。宁静，正如收藏的古董，越是经过时光的沉淀和打磨，越是年代久远就越有价值，就越能存储内涵、磨砺心智。不再走近纷扰，安心做好当下的每一件事情，落个自在清闲。

人老了，便不喜欢琐碎和争吵，经历多了，就习惯了安静。渐渐地不去理会喧嚣，学会现世安稳，学会了淡然，面对一切纷扰开始波澜不惊。浮华过后，不再纠结，那清心寡欲的背后，早已不想去争论孰是孰非，感觉自己又回到了四年前的状态。安静下来，写写文章，烦躁时候写写心情，一个人的世界独自享受安静的美。

这个世界上，每个人都在和自己独处，并非都需要融入彼此的内心，也无须走进谁的生命里。安置一颗浮躁的心，别让困扰捣乱了心境便好。安静，妥善安放自己的位置，不为了一些纷扰再纠葛了。或许，对于生性孤僻的我来说，回归才是最好的归宿！

生活简单而平静，不张扬，归于宁静。这个过程正如盛满水的杯子，装满了酸甜苦辣，绝不是单一的色调。水从沸腾到温热，逐渐冷却，也并非瞬间能做到。这个过程和人的一生极其相似，它要经过成长，经历，磨合，沉淀才能到达一定的阶梯。水无鱼则清，人无欲望才能恬淡，有所顿悟，冰释了膨胀的内心。杯水流逝，慢慢在时间的消耗中蒸发了水的比重，人类依赖的感情也会在彼此不断的漠视中失衡。心的天平难以称得出分量，水的干涸验证了遗憾的存在，便多了牵绊和纠葛。一切的一切，不是谁的过错，皆是因果。

　　喜欢安静地独处，渴望漫步在田园。久居都市，想邂逅《桃花源记》的田园美景，清闲自在的梦往往会逐一落空。心中设想，世外桃源该是什么样呢？碧空如洗般湛蓝清澈，远山含黛，山峦叠翠，偶尔有薄雾升腾，微风一吹，瞬间消散于无形。苍松翠柏常青，百鸟争鸣，姹紫嫣红，振翅的蜂蝶飞舞于花间，采集盛放的花蕊间芳香的蜜，一刻不肯停歇。举目四望，白云飘飘在天空曼舞，风旖旎而至，悄悄诉说着情话。山水之间，一条崎岖小路上绿草葱郁，野花暗送泥土的气息，感受到自然的和谐。缓缓步入石阶，路有依稀的行人擦肩而过，热情地打着招呼，冷漠何处遁形？浓密的山林间不时传出牧童的短笛声，悠扬的曲调诉说着淡淡的忧伤。山水相依，走在细雨微风中，轻嗅着芳香，气定神闲，悠然自得。

　　"乾坤客我静，名利使人忙"，经典的佛门禅语时刻警示着迷途中的人。浮生犹梦，欲望和贪婪是最大的敌手，名利与争斗永远走不出世俗的怪圈。乾坤朗朗，生命匆忙，如此尘世想换取修心之所难上加难。文人墨客渴望超脱凡尘，迷途中的世人希冀做到淡泊名利，走出纷扰，不为五斗米折腰，不做名利的羔羊，不为纷扰而困惑，竟如此举步维艰。然而，宁静于心，淡看所有，固守一颗冰释欲望的心，才能坦然与时光对话。安静于尘，沐一段清浅的光阴，方能修得无欲无求、无念无嗔，向佛心贴近。

　　暮鼓晨钟，声声入耳，看不穿尘世沧桑，怎能修得心智？经声佛号，走不出欲望的牢笼，又如何能修成心之菩提？淡行于尘，性情至善至美，心怀感恩之思，静则不乱，修心为城，摒弃污垢，静守无所求……

2... 别做欲望的囚徒

我们的生命中总有一些遗憾。在最美的季节里，会错过花开；在最美的年华中，会错过相遇。徘徊在情感边缘的人性，会形成了一种怪圈，平添太多的遗憾。

一般来说，维护一段感情是排除虚拟和假设的。人与人之间的情感，需要通过心灵真实的交汇，和现实中的逐步磨合才能达到融合。蝶恋花的情感，无数次倾注于诗人的笔端，其浪漫的情愫也让世人赞叹不已。然而，穿越花间嬉戏的蝶，斑斓的躯体振翅翩翩，虽唯美了一季的风景，也有诸多的不足。

馨香的花蕊招蜂引蝶，充满着无限的诱惑力。彩蝶爱花，喜其盛芳的蜜，蝶恋花，两两缠绵不分离，那是世间万物繁衍生存的根本，却与情感无关。自古梁祝化蝶双双归去的故事经久不衰，尘世间又有多少刻骨铭心的爱情故事在上演呢？蝶舞花间，香四溢，红尘情歌，梦里花落几人知？幻蝶皆幻象，患得患失，终究折翅之蝶难飞过沧海，有些选择将跌入深渊。剪不断、理还乱的情感纠葛，只能空负了一世情缘。

曾记得，多年以前看过一部电影《情义无价》，无数次被剧中的情节感动。"情义"二字，之所以被人们看得如此重要，那是因为人活着，感情是生存的必需。古往今来，许许多多深陷情感中的人们，为了一个情字飞蛾扑火，为了一个情字执着守候，为了一个情字一生苦苦追寻，奔赴一次次红尘盛宴。

对于情感本身而言，每个人对其定位各有不同。它似一盘棋局，只有旁观者清，而局内人却始终困惑。假如有一天幡然醒悟，就已说明，麻木了，珍视于心的情感也就一文不值了。

情感是一座围城，也是一座危城。走进去的人们迷茫、纠葛，想冲出来。人生旅途漫漫，我们总是身处于最深的红尘之中，困惑，迷茫，在一个个路口徘徊，为向左向右的选择而纠葛满腹。面临着选择，心中总是充满希冀，对与错，真与假，情与理，让人疲惫不堪。罂粟之美，只能让人有更大的欲望去占有，而无法脱离现实的本质，一次次陷入精神世界的深渊，不能自拔。

鱼儿挣破束缚的渔网，是为了生存而抗争，而走不出情网的人们面临的则是可悲可叹的境地。现实中的人们总是活在虚拟的世界里，不肯走出。因为他们知道，只有虚幻出来的东西才能完美，那些现实中的经历和故事总是不尽人意。于是，在虚拟的世界里，渴望寻找到灵魂的知己，渴望得到完美的精神世界，减少现实中的压力和痛苦。

现实，虚拟，两个世界，往往存在着相同的共性。千金难买知己，万金难遇伯牙子期之缘。男男女女交往中，无论是在哪个世界，为人都要遵守人格的底线。虚假、冷漠、市侩、过度地超越道德伦理，如何能得到他人的青睐？人与人之间的沟通，必须以真诚为经，以行动为纬，以诚信为本，以善良为根基，以清纯为容，以卑贱为耻，才能走进彼此的内心深处，成为知己故交。如此交汇，才能让残缺的世界完美，才能让幻想中的完美不是梦。过度的虚伪、卖弄、欺骗、超越伦理，天长日久必会失去眼前所拥有的一切，永远不会得到你想要的结果，唯有遗憾……

情感中的最大杀手，就是崩溃的道德底线。折翅的蝴蝶难飞过沧海，情深无悔的誓言只是一场秋风拂过，切莫被诱惑迷住双眼，现实的生活才是最真实的拥有。人生就是如此，不管你是作茧自缚的蝶，还是企图挣破渔网的鱼儿，抑或是被世俗所扰的人心，都不能逃脱蜕变的痛苦。蝶恋花，化蛹而华丽蜕变；人为情困，无法挣脱世俗的牢笼。不做自缚之蝶，不为儿女情长所扰，看淡所有，走出欲望的枷锁，才能修成心灵的庙宇。

　　细细回想，人的一生中，一路行走的旅途中，陪伴到最后的也许不是你要等待的那个人，也许不是懂得你的那个人，却是为了你能守候，并无怨无悔付出的那个人。那么，错过的远远比留下的要美，可留下来陪你变老的那个，却是永恒的真情，值得一生去好好珍惜。试想，当日暮西沉、夕阳的余晖倾泻而下之时，晚风中，那一对互相搀扶的身影，那一串蹒跚的脚步，那相视而笑的眼神，虽满是沧桑却温情无比。或许，在两颗心刹那交汇间，你会发现，这个世界上最美的风景一直在身边，不曾走远，而是你没有发现……

3... 古刹余音绕，禅房花木深

"古刹余音绕，禅房花木深"，修禅悟道，是世人追求的最高境界，难企及，却时刻向往。

"淡看浮生事，修得平常心"，修一颗佛心，友善，慈悲，大爱，沉淀一份淡雅的情怀，于静谧的时光中找到灵魂的归宿，便是最好的皈依吧！

我是喜欢静的，总觉得宁静是一种最恰当的修心方式。静可养心、可怡情，能让浮躁的心在喧嚣中提升素养，升华人性，返璞归真，乃人生一大幸事。静，只有静，才能让人无欲无求，无念无嗔，抛弃杂念，回归自我，少了分别心，向佛心靠近。

深陷囹圄的人，走出困境左右徘徊，举步维艰，可一旦走进佛门寺院，定会瞬间沉静下来，妥帖安放一颗躁动的灵魂，与佛心贴近。

空山静寂，禅乐飘扬，徒步沿石阶而上，第一次近距离与千年古刹西樵山邂逅，内心惶恐不安。

仰望，巍峨挺拔的山巅之上，南海观世音菩萨正襟危坐，闭目合十，打坐于云端，令人顿生敬畏之心。举目眺望，白云缥缈萦绕于湛蓝色的天宇，似轻纱，似柳絮，似羽翼，轻柔虚幻。淡淡雾气弥漫于山间，青松翠柏环抱，绿水绕肩而行，钟楼禅院林立，亭台楼阁相伴，鸟语啾啾，香烟袅袅升腾，虔诚的信徒们顶礼膜拜，焚香叩首，一股清幽的禅意油然而生。

古寺禅院，清幽曲径；菩提树下，暮鼓晨钟。置身于此，浑然忘我，一颗浮躁的心，顷刻间，心静如水，忘却了一切身外的烦恼。

一直觉得，佛是没有分别心的，不会计较信徒的身份、地位、相貌的。一个真心向佛的人，即便容颜丑陋无比，只要待人友善，心怀大爱，也定会得到菩萨的眷顾的；反之，一个性情邪恶、品行龌龊、地位高贵、遇事自私自利、是非不分的人，即便容颜再姣好也只是一具空皮囊罢了！

"暮鼓晨钟惊醒世间名利客，经声佛号唤回苦海迷梦人。"佛门净地，与缥缈红尘隔着千万光年的距离；古刹禅院，与我这个庸常之人，只差一颗心取舍的距离。那些看似残缺的所得，其实早已完美无暇，又何必在患得患失间纠结呢！

禅院之外，我只是一个庸人，逃不过欲望是非，走不出狭隘污腻，就像此刻，不敢走近，害怕走近，生怕我世俗的身躯、一身的铜臭气玷污了佛门净地。

透过门楣，身披正午的阳光，那一道道金灿灿的光芒洒满了佛身，折射出耀眼的光晕，神圣不可亵渎。午课的僧侣，身着黄色的僧袍，正襟危坐在蒲团之上，双手合十，闭目诵经，木鱼声声清脆入耳，悠扬的禅乐声在耳畔响起，有种说不出的胆怯，想走近，却不敢惊扰佛门弟子的清修。

看着诵经的僧侣，那种浑然忘我的境界，突然有一种望尘莫及的情愫在心中激荡。

　　禅房外的石阶两旁种满了花草，姹紫嫣红香气袭人，顿然心生欢喜。我想，僧侣们除去日常诵经、做法事，忙时定会劳作，闲时种花养草，对每一朵花微笑，每一株草说话。菩提树下，背诵经文，听花开的声音、鸟儿啼鸣，一样有着孩童般的天真无邪吧！

　　人是一个矛盾体，常常身居闹市，锦衣玉食，想逃脱世俗牵绊，却不肯放弃所拥有的一切，那种想隐居深山，过着悠然自得的生活，达到陶渊明那般旷达的人生境界，寻觅一处栖身的世外田园，不枉此生的梦终究逐一落空。

　　参禅悟道者的境界我是永远难以企及的，世外田园的生活却是我时刻向往的。

　　理想中的田园应该是这样的吧！深山空旷，密林丛生，瀑布奔涌湍急，泉水叮咚门前流淌；清幽竹林，茅屋农舍，竹篱笆小院爬满了青藤，开出五颜六色的花，屋后开垦一片菜地，耳畔翠鸟啼鸣，蝶舞花间双双戏，一片葱茏绿意，充满了诗意。

山间明月高悬，清风送爽，樵夫挑着担子，行走山间，哼着调子，砍柴伐竹，渴了喝一口泉水；饿了，摘下野果充饥；累了，头枕青石而卧，听泉水叮咚悦耳，何等的惬意啊！

山间小路，一农妇提着竹篮子，装满香蕉、竹笋等果蔬，摆摊却不叫卖，大有姜太公钓鱼，愿者上钩的境界。

云烟深处，农舍零星散布，幽长的山路上，不时传来山野的回音。听，侧耳倾听，牧童的短笛在歌唱，悠扬的曲调和着古刹的钟声，悠远绵长。

"山间云烟绕，禅房花木深"，世人渴望摆脱烦恼，静修其心，却无法做到。归根结底，就是放不下一切，欲望与奢求太多，不是吗？

禅师说："本来无一物，何处惹尘埃。"一叶可障目，目光所及只是眼前的得失，争强好胜，想得到又怕失去，失去了又徒增烦恼，本来顺其自然缘来缘去，世人又为何要纠结于心、困惑不已呢！

　　古刹夕照，渔舟唱晚，坐拥一份云水禅心，绝非人云亦云。原来，山河岁月里的生灵万物，皆是佛祖的恩赐，我与红尘相距一念之间，佛心于我，不过是一层缥缈的云烟，禅房内外来去只是寸步之遥。原来，佛心自省，云水迢迢……

4...余生，静而不争

一辈子究竟有多长，没人能预测。几十年光阴，我们只能听天由命地不停走下去，任何人都不能给自己量身定做，唯有顺其自然。

不得不说，人到了一定年龄后，心态会随着年龄的增长而改变，从年幼无知的幼年、狂妄不羁的少年、追求梦想的青年，至踏进不惑门槛的中年，整个人都在不断变化中，身不由己。或许，是生存环境影响了心态，渐渐不再急躁，人仿佛随着时间的流逝渐渐安静下来，似乎很多身边正在发生的事物和自己无关，生活的节奏也慢了起来。

以前，别人的一句赞美能开心好久，在鲜花和掌声中渐渐迷失自己，生活在虚拟的梦里，不肯醒来。话不投机，火气十足，就会争论得面红耳赤，不争出结果不罢休。渐渐地，随着时间的推移，偶然间发现，喜欢放慢了脚步，身心也静了许多。慢慢地不再追求名利，不再对喝彩声付诸太多的热情，回归宁静。激情褪去，那些平常日子里的琐碎，一言不合起身愤然离去、恨不得一拍两散的愤愤然，情绪化的拌嘴，越来越少了。

杨绛说，我不争，我谁都不屑争。是啊，到了一定年龄的人，早就没了分别心、嫉妒心，日子从容从指尖划过，不惊不扰，放下了所有情绪的羁绊，有了惰性，平淡如水。

静而不乱，静而不争，不争就少了烦恼，多了温和。人生短短一辈子，有什么值得争呢？和名利争，欲望就会膨胀；和命争，平添负累；和亲人争，势必疏远，得不偿失；和爱人争，只能让生活多了琐碎、少了宁静；和朋友争，只能让感情越来越淡，渐渐疏离。

静下来的时间，不想折腾了，安静下来，做自己吧！打理生活，看看书，喝喝茶，留时间给自己，余生不长，善待自己才是最重要的。

欲为大树，莫与草争，那是大智者的修为。参天大树，不是一朝一夕长成；青青碧草，亦非弱者；四季轮回，生生不息。哪一个生命的存在不是要循序渐进，做最初的自己呢！回归自我，寻找最原始的状态，那就是静，清空欲望，先洁净内心，等一等灵魂，切莫迷失自我。

余生的日子有多长，谁都无法估算。活在当下，淡然看待人生的所失与所得，未尝不好。这匆忙的时间隧道里，你是旅人，我是过客，遇见请好好珍惜，余生，还能一起并肩走多久，谁能知晓呢！

"暮色动前轩，重城欲闭门。残霞收赤气，新月破黄昏。已觉乾坤静，都无市井喧。阴阳有恒理，斯与达人论。"朱瞻基在《乐静诗》中的静字，更是多了一丝从容。最喜后四句，乾坤安静，没有市井的喧嚣，阴阳自然是亘古不变的恒理，就不要争论不休了。

我想，人到中年，要善待生活，善待他人，善待自己，善待身边的一切，清空杂念，洗涤灵魂的污垢。余生，静而不争，也是一种难得的大智慧吧！

5... 余生，别难为自己

一辈子时光在匆忙中流逝，谁都无法挽留。多少人前半生忙忙碌碌，奔波追逐；后半生回望过去，难免感叹一生的碌碌无为，恨时光短暂，荒废了最好的光阴。

人过中年，不停跟时间妥协，之所以不争抢，处世淡然，完全是经过世故的淬炼，达到心智的成熟。

有朋友问我，怎样写出滋润心灵的文字？是要查字典、引用名言，还是有什么规律？我笑着回，随心随意，不为难自己。你为难自己，就要刻意去效仿，你不随心随意就要被名利世俗困扰，自然心态会有偏差，文字也染上了俗气。

现实生活中，不乏完美主义者，终日在不食人间烟火的意境中活着，虚幻而不切合实际。如此，唯有活在当下，才是真正的人生真谛。常常想，不想活在过去的人，是经历了太多的大起大落；不想被束缚在心灵蜗居里的人，是失去得太多。一番大彻大悟后，对视的眼神定会越发清澈，坦然笑对人生的雨雪冰霜。

对于随波逐流的人们，难免要被世俗困扰，不问过去，不畏将来又将是怎么样的一种纠葛，无从知晓。

不得不说，人是活在矛盾中的。既要简单，又难淡然，挣扎在名利世俗中，一切身不由己，又有哪样的生活是我们自己想要的呢？

人前，你笑脸相迎，带着伪装的面具，不敢轻易得罪人；人后，黯然伤怀，总感叹命运的不公平，人生的不如意。常常仰望别人的幸福，而忽视了自己的，却不知你与他所想要的幸福，都只得一二，十之八九只有在希冀中追求，不是吗？

人活一辈子，心怀梦想，苍凉追梦，难能可贵的是执着向前，义无反顾，最惧怕瞻前顾后，退缩不前。一生短暂如光影交错，有几个人能放下牵绊，有几个人能不难为自己，活得精彩呢！

　　我们的一生，是匆忙的行走，谁的人生，都是在与命运抗争中前行。我想，我是无法和命运抗衡的，却又时刻想做真实的自己。眼下的生活是一面镜子，对照着卑微的自己，心有万千光芒，无法放弃的却总是太多太多。

　　中年，人生的分水岭，不再有小女孩的浪漫情怀、撒娇卖萌，穿着也越发简单，舒适即可。年轻时可以穿紧身裙，牛仔裤，甚至小一码的高跟鞋，不惜磨破了脚板，夹痛了脚趾，依旧笑靥如花、人前卖弄。年少时，青春做砝码，别人的一句赞美能心头飘飘然，走在马路上，陌生男子的回头率成了青春的资本，忘乎所以。年龄越大，对身边的一切似乎没了热情，争吵，攀比，打扮，都没了兴趣。有人说，女人要爱自己，打扮得漂漂亮亮的才行，而我却恰恰相反，正如有一天涂了口红出门，儿子吓了一跳，一句"太庸俗，再昂贵品牌的口红你都不适合"让我哑然失笑。原来，他宁愿喜欢素面朝天的妈妈，也不想要矫揉造作的中年妇女，我必须保持最初的简洁，抑或简单。

　　居家女人虽平庸，却总想活出真我。不喜欢的东西，学会舍弃，生活趋于安静。每天打理家务，照顾子女，空闲的时间看看书、散散步、陪婆婆去买菜，少一些功利心，多一些平常心，生活便达到了想要的简单。

人过中年天过午，流逝的时间不会等我的。不想为难自己了，几十年光阴里，不停做着事与愿违的选择，极力说服自己，多替别人想想，多顾及别人的感受，却忽视了委屈的自己。

我承认，给自己负担，就是难为自己。不愿意放下，就是心态使然。其实，你大可不必为了别人改变自己，为自己活着才是真理。从今天起，不愿意迎合的人，选择放手；卑鄙下流、虚情假意的损友，拒绝交往，只要随心随意，什么都不是难题。要明白，他们走近你的世界，只想利用你，却从不顾及你的感受，既保持若即若离，又想无偿索求，时刻为难着你，美其名曰这是一份难得的缘。

我不想为难自己，也不想取悦别人，后半生，只想活出自己的精彩，即便一辈子平庸，又如何呢？余生怎么过，没有答案，无非是心态平和，不念不争，保持心灵的清澈、纯净，谁是谁非留给时间来做答案吧！

6... 淡，是一种极致的风雅

　　淡，是一种情怀，它能让一切事物归于自然、简约，抑或纯净。喜欢淡的感觉，漫步田园，旷野上弥漫着淡淡的薄雾，农舍，茅屋，碧草青青，野花悄悄开放，水潺潺流淌，如遇见一位久别的故人，甚是喜欢。

　　走近山水，秀美的自然风光，都是淡的，总能让人神清气爽，精神倍增，浮躁的心安静下来，冰释了欲望。

　　淡，是朴素的、优雅的，即便失去色彩，也是一种别样的风雅。小半生的时光里，我是从不化妆的，不管什么场合，素面朝天示人，从来没苦心经营过自己的脸。偶然间参加朋友聚会，她们惊讶地问我，呀，你皮肤怎么这么光滑，眼角也没有皱纹，头发还是那么黑，平时怎么保养啊！每每此刻，总是笑笑，感觉这些话都是谬赞，人家心里怎么想的，我还是不想猜测的。

几十年习惯，清晨起来，净水洁面，淡淡的妆容，不必刻意修饰，素面朝天的着装，人群里虽不出众，却如水般清澈，少了伪装。有一天别出心裁地打了睫毛膏，擦了点儿粉，做了一个发型，一进门，还真的把家人吓了一跳，以为怎发神经了。哈哈，我想，淡，就是保持一种风格，猛然间，你一下子变了样子，不但自己不能接受，别人还不适应呢！

素面朝天有啥不好呢？简单，不加修饰，不用刻意去涂抹，活出的样子是给自己看的，别人只适合旁观。品头论足那是他们的权利，我有我的生活方式，你不懂我，我不怪你，我的朴素源于内心，只要灵魂纯净如初，就够了呀！

淡，能让一个人的灵魂宁静。人和人之间灵魂永远是平等的，你华服浓妆、珠光宝气，不过画蛇添足，多了层面具，身份高贵又如何？我平凡朴素，举止端庄，恪守本分，即便平庸又何妨？

试想，一个五官端正的人，本来看着很自然的，如果上了浓妆，一身华丽的行头，大有东施效颦的嫌疑，别扭极致。

佛说，心本无尘，只有淡泊的心灵才能了无尘埃，清净怡然。

从心理学角度来说，淡，是一种心境，更是一种极致的风雅。淡淡的情怀，不奢望，不骄纵，不随波逐流，不刻意伪装，只做自己，彰显本真。

淡，素描里的勾勒曲线，简单，清爽，抽象，给人遐想的空间，诠释美的艺术。

淡，是万花丛中一株迎风摇摆的小草，青翠柔嫩，立在花间，与众不同。淡，是水墨丹青画寥寥几处的黑白色彩，给艺术一个完美的留白，引人幻想。

淡，是一种留白，空灵，静寂，典雅，且散发着幽香的极致的风雅。

淡看浮生事，修得平常心。淡，是宁静的湖水里，一汪水波，微风拂过，荡起一圈圈的涟漪，只一个旋转，便稍纵即逝。

　　"小舟从此逝，江海寄余生"，淡是远离名利，不近浮华，清空内心污垢，摒弃心中杂念，崇尚灵魂洁净的一种生活方式，为不完美的人生，缔造一种穿越岁月的美丽，是世界上所有洁净的灵魂所追求的极致的风雅。

7... 做人的风骨

山有雄浑，水有灵秀，人也该有风骨。

做人的风骨，不是倔强的脾气，不是强有力的肩膀，而是为人的品相和处世之道。

风骨是什么呢？仙风道骨的修炼，心如止水的平常，抑或是力求完美品行的道德标签。

《文心雕龙》中对风骨一词是这样描述的："怊怅述情，必始乎风；沉吟铺词，莫先于骨。故辞之待骨，如体之树骸；情之含风，犹形之包气。结言端正，则文骨成焉；意气骏爽，则文风生焉。"刘勰将文人品行与行文该具备的风骨表达得淋漓尽致。

碧草萋萋，虽残败却依旧风骨铮铮；竹挺拔虚空，却谦逊坚韧；梅花傲雪，凛寒绽放，却不畏惧严寒雨雪，具有高洁的灵魂，成为世人追求的一种最高的精神境界。

世间事，不如意十之八九，顺意者无非一二，更何况这难能可贵的品格。诗有魂，且兼风骨。郑板桥的竹，中通茎直，不枝不蔓，虽笔挺虚空，却谦卑挺拔，不失风雅。竹之风骨，暗喻于人，世人真的做到的未免太少。

诗人李白经历了人生起起落落，写下无数诗篇，而其怀才不遇，罢官退隐，辞去仕途的率性，亦诗仙风骨。

风骨是不媚俗流的大雅，风骨是淡泊名利的气节；风骨，是大隐者陶渊明不求名利，淡泊明志宁静致远的幽居归隐。《桃花源记》置身世外的洒脱，依山傍水，松柏青青，郁郁葱葱，居山水田园，月下独酌，采菊修篱，自给自足，不为名利所扰，不为世俗所困，怡然自得，彰显其风骨铮铮。

这个世界上美丽的容颜无数，有风骨的灵魂少之又少。多的是卑颜屈膝的献媚、随声附和的讨好，那些拍马屁跟风的丑皮囊多如牛毛，争先恐后的吹捧大有人在，让局外人看得作呕，当局者浑浑噩噩走进迷途。

常说，做人要有品德，才不失风骨。风骨何物？拜金主义者拾得贵冠喜形于色；理想主义者的幻梦破碎后，捶胸顿足感叹世事的悲凉；现实主义者的生活，沟沟坎坎蹚过，有了骨感，风骨二字早就淹没在柴米油盐中，不知所踪了。

谁都想好好活着，过自己的小日子，即便平庸。就像此刻，口口声声大谈风骨，却又苟延残喘地活着，终日疲于奔命，丢了尊严，少了洒脱，只剩下一副皮囊，脑壳里空空，塞满了尔虞我诈、钩心斗角的市侩，诗和远方早就成了奢望。如此活着，如何活出自己想要的模样，只剩悲凉。

这铮铮的风骨掷地有声，人人效仿，败给了现实，只换来了凄凉，随流水落花匆匆而去，洒下一地忧伤，做人的风骨，只有流着泪水微笑，扬起头颅伪装坚强，碎了一地的月光，无品无相。

8... 在袅袅茶香中沉醉

人生有四季，茶也有四季之分。不同季节的茶有不同的味道，品味不同的人生阶段的内心感受和境界。

中国自古以来待客之道，以茶为首。餐前饮茶，餐后品茶，谈生意喝茶，新媳妇进门要敬茶……由此可见，茶在生活中必不可少，更是一个民族的历史和文化的浓缩。常常好奇，就是这一株平凡的草木，却凝聚了天地精华，成为待客上品，也成为结交朋友的方式。

常常幻想有一间幽静的茶室，几个舞文弄墨的文人骚客，泡上一壶飘散着香气的普洱、铁观音，抑或大益茶，用精巧的耳杯斟满香茗，相互对饮，谈天说地，笑声爽朗，让时光悄悄流逝，恬静安然，该有多好！

　　品茶，单凭一个品字不够，还要懂茶，如同相惜相知的知己一般。懂茶道的朋友津津乐道地给我讲解，如何分辨茶的产地、采摘的季节、色泽，以及味道。他说，春茶香气浓郁香醇，夏茶色泽以及滋味都较为苦涩，秋茶味淡，冬茶更淡些，说得头头是道，让我这个对茶一窍不通的门外汉有些难为情了。

　　慢慢地，对茶有了新的认识，手握香茗，心生敬畏。香气四溢的茶杯里，这一片片汲取天地灵性的叶子，在与杯和水的交融中，慢慢舒展，静静荡漾着涟漪，恬静如水，使人忘却了烦忧。

　　喜欢宋代诗人陆游在《幽居初夏》的最后两句，"叹息老来交旧尽，睡来谁共午瓯茶。"人生短暂，慢慢老去间，要见的知己故人随着世事变迁，越来越少，越来越疏远。一觉醒来，还有谁还能邀我一起喝一杯下午茶呢！是啊，茶缘，如同人缘。有茶在，却无知己，一杯茶，解读了人生的孤寂，知己的稀缺，对故人的怀念和人生的感叹。

　　久居南方，渐渐入乡随俗，也跟着客家人学起了品茶。南方天气潮湿，喝茶去暑，聊天消磨时光，成了街坊邻居沟通感情的一种方式。人们走在街上随身带着一杯微苦的凉茶、香甜的桂花茶、清凉的绿茶用来消暑。初夏的时节，天气还不算炎热，走在路上，随便一个街角，巷子口，都能看到有人喝茶聊天。有时，几个老伯聚在树荫下，坐在一起下棋，喝茶，聊天。热茶饮进腹中，分解出汗水，湿透了脊背，丝毫没有阻止人们享受慢时光的心情。

客家人喜茶，每逢中秋节，都会在阳台上摆放供品、水果、月饼，一家人坐下来品茶赏月，其乐融融。探望朋友，只要客人一进门，上等的好茶定会奉上。客家人喝茶有规矩，五六个人只用三个小杯，用沸水烫过后，轮流着喝。儿子的大伯是一个豪爽之人，性急，旁人一小杯、一小杯地对饮，他却突然冒出一句，这么喝，不解渴，拿大碗来，话一出口，满屋哄堂大笑。喝茶能让人的心性慢下来，而性格急躁的人，那份雅致是怎么也学不来的，真性情的人又如何能伪装得了呢？

茶，成了一种文化，流动着一种情。路遇客家人见面打招呼，热情的寒暄过后，最后一句，不是再见，而是"改天来家里喝茶啊"，即婉转又礼貌，不失礼节，和一句单纯的再见相比更多了温情。

　　从某种意义上讲，品茶是在享受生活，让快节奏的脚步慢下来，我想，既然我们留不住时光，不如享受它。余生，剩下来的时光，如能在袅袅的茶香里静静沉醉，也是一种难得的幸福，不是吗？

9... 至简，方可从容

人活着，复杂容易，简单却难。一辈子光阴交给了礼尚往来，给了自身之外的世界，却忽视了自我，好多看似优雅从容的步伐，越发有些蹩脚。

刚步入社会那会儿，经常遇到好多人教诲我，这丫头，头脑太简单，天真误事。听了这话不以为然，还眨巴着单眼皮和人家较真儿、理论。简单有啥不好？没坏心眼儿，不耍心机，做人干干净净，总比满肚子的怨气、恨不得一口咬死你的人，脸上还戴着笑容真实的多吧！想法是好的，做起来太难，复杂的社会中，想干干净净做人谈何容易，一路走来，吃亏上当在所难免。

年龄大了，更深入了解了社会，才明白，简单，说出来容易，做起来难。简单的人，大多天真无邪，心无城府。他们从来不市伥奸诈、和你玩儿心眼儿，待人接物也少绕不少弯子，却难遇到投脾气的朋友和知己。

心同流水净，身与白云轻。明代诗人高攀龙在《枕石》一诗中将简单诠释得淋漓尽致。我的心同流水一般纯净，我的身体如同云一般轻盈。原来，心若简单，身心洁净，该是何等的洒脱啊！

简单的人，心是干净的，凡事不愿意藏着掖着，伪装自己；率真，却往往不合群。浮躁的社会氛围中，你想走出人群，定要与孤独做伴，你想卸下负累，一定是洗尽铅华，心中有万丈光芒，也势必失去色彩。于是，穿行在世俗中的人们，为了更好地融入圈子，学会了伪装，让简单的事情，越发复杂，甚至画蛇添足。

简单的人，不一定漂亮，但一定有善良的光芒，乐于助人。我是一个喜欢独来独往的人，好多朋友冠名我高冷、傲娇、不合群。每每此刻，总是淡然一笑，我不渴望前呼后拥，知己三两即可，全世界的人不可能都懂得你，挤不进去就安静下来，未尝不可。说来也怪，即便我如此冷漠，缺乏互动的热情，圈子里出名的傲娇主义者，竟然总是有人上门来找。每天上网，留言的不少，请教的蛮多，呵呵，说实话，我不懂的，也从来没敢装懂。好友说，圈子里，虽然你少说话，不参与互动，却感觉和你交往特踏实，有求必应，从来不会拒绝。

是啊，不会拒绝，不懂人情世故，成了我的交友优点，也暴露了我的人性弱点。别人来求助，不好意思拒绝，手里忙得焦头烂额，也从不说"不"，很多时候，为了朋友，甚至放弃眼前的利益，不会耍心机。心想，退一步吧，吃亏占便宜，又能如何？修养、品行、性格是无法改变的，改变不了别人，只能委屈自己了。

老子在《道德经》中，以"大道至简，万物之始"，简短八个字说出了人生恒理。人生最高的道理往往是最简明的，人生说来不过两个字，生与死，其中的故事却是复杂得很。换句话说，简单，让人生从容不迫，做人也踏实，少了分别心，是修行者达到不争的最高境界吧！

"看取莲花净，方知不染心。"为人处世干干净净简单最好。是的，我没有觉得简单不好，它不是傻，不是笨，只是一个人的真性情，凸显人性善良的闪光点。删繁就简，简单才能加上快乐、减去烦恼，不做市侩之人，少些功利心，别动歪心眼儿，越简单，越快乐，越真实，越会储存正能量，何乐而不为呢？

10... 品茶，如品人生

细雨霏霏的午后，空气潮湿，最适合坐下来喝茶了。

人们说，喝茶，要讲究氛围。比如，一间温暖的书房，一把竹编的摇椅，静静地打开一本书，边品茶，边读书，别有情趣。或者，寻一间古朴的茶室，邀上三五知己，放一曲舒缓的轻音乐，一边品茶，一边聊天，也足够高雅了吧！

"春未老，风细柳斜斜。试上超然台上望，半壕春水一城花。烟雨暗千家。寒食后，酒醒却咨嗟。休对故人思故国，且将新火试新茶。诗酒趁年华。"初读苏轼的《望江南·超然台作》觉得意境深远，再读，竟然有一种说不清的情愫，在内心萦绕。诗人将眼前的春色、时节、思念故乡的情绪，与茶、诗、酒、人生感悟融为一体。然而，"且将新火试新茶，诗酒趁年华"一句，让春更具风雅。是啊，新采摘下来的茶，鲜嫩清香，用新火煮，才有味道，而作诗吟酒，更要趁着好年华啊！

常常想，如果能在山顶上建一座房子，木质的那种，不必古色古香，围一座竹篱笆小院，门前，开垦一块荒地，种上茶，种上花，忙时劳作，闲时煮茶，该有多美好啊！

偷得浮生半日闲，去郊外，寻一处茶园，远离尘世喧嚣，静坐天地间，心情豁然开朗。天空湛蓝，空气清新，淡淡的雾气弥漫在山间，茶园开满茶花，微风里飘散着淡淡的香气。此刻，头戴斗笠、身上穿着粗布衣裳、卷起裤脚儿、手里挽着竹篮子的茶花姑娘，十指纤纤采茶忙，露水打湿衣裳，那种劳作的画面，足以令人沉醉吧！

宁静的夜晚，一个人安静地躺在草地上，闭目遐思，在明媚的月光下听茶花盛开的声音，如同天籁，多美妙啊！

我想，茶应该不单单是一株草木，它应该是采集天地灵性的仙子。而一个庸常之人，与茶结下一段情缘，也是必然。

记得去年的早春，远在苗寨的好友阿菊，快递给我两盒包装精美的茶叶——古丈毛尖。她说，古丈绿茶只采清明前后，味道清香甘甜，量少，价格贵。谷雨后就是夏茶，一般不采了。采摘新茶很辛苦，清晨进茶园，顶着露水珠采摘，然后晒干、筛选、密封等一道道工序，才能完成。品尝着好友千里之外赠送的雨后新茶，有股淡淡的清香，入口苦涩，回味甘甜，心底涌动着温暖，原来，人遇知己者，茶遇有缘人，一生有一个人真正懂得，便足矣了！

从情感角度讲，喝茶，如同遇到知己，也是需要有缘分的。望，闻，品，回味，四个过程，正如一个人和另一个人的交往，相识，相知，相惜，乃至相伴，才能将情感升华。漫长的人生中，我们不停邂逅着不同环境、不同身份，不同性格的人，皆来自一个缘字，与茶缘，与人缘，教会我们如何珍惜眼前人。

缘，妙不可言，能给予你惊喜，又能带给你美好的回忆，茶亦如此。时常觉得，心存美好的人如茶，性温良，浑身散发着淡淡的清香，也必定结有善缘。三五知己，偶遇闲暇，坐在一起喝茶，畅谈人生，谈生活，是一件多美好的事啊！

闲暇时，打理完生意，也会坐下来沏一壶茶，听一段音乐，舒缓疲惫的神经。广东人喝茶，讲究一个品字，不管是普洱、大红袍，还是铁观音，怎么冲茶，如何品茶，都说得头头是道，兴致勃勃。

常常觉得，家乡人喝茶的习惯和客家人有着天壤之别。小时候，只有过年的时候才有茶，也就是猴王和茉莉花茶，茶叶多半是主人珍藏下来，平时舍不得喝的。那时候，招待客人，架上柴火，烧一大锅沸腾的开水，沏一暖水瓶茉莉花茶，或者用白瓷缸沏茶，北方是极少有人家有茶壶的。乡下人喝茶，没有那些讲究，玻璃杯，大碗，谈不上什么文化或者高雅。北方人喝茶，讲究个痛快，大口喝茶，图痛快解渴，少了优雅。一屋子人，高谈阔论，有什么大事小情，坐在一起，喝茶，讨论，豪爽得很呢！

入乡随俗，来南方多年，爱人的生活习惯也在逐渐改变。春节的时候，他特意去茶叶市场挑选了一套茶具，各式花色的套杯，茶道的实木盘，还有一个逼真的金色的蟾蜍，热茶洒在上面，发出吱吱的声响，说是"招财"。爱人的性情急，喝惯了大碗酒、大杯茶，突然，他能安静地坐下来，一小杯、一小杯地慢品清茶，让我感到意外。喝茶，让枯燥的生活添了些情趣，家里有了茶艺的氛围，爱人在享受着慢生活的乐趣，性格也变得温和起来。原来，茶能静心，也能怡情，且改变一个人的生活状态，沉淀一颗浮躁的心，如此甚好！

茶，在不同的环境里，营造了不同的意境。达官显贵、高雅之士，或者庸常之人，平头百姓，都将茶奉为雅趣，而这裹着苦涩、流淌着悠久文化的茶韵，采天地灵气，也装着一个人的一生。品茶，不仅仅滋润干渴的喉咙，更是在慢时光中，静静品味一个人贫瘠或富足的人生。

穿越时光的长河

第二卷

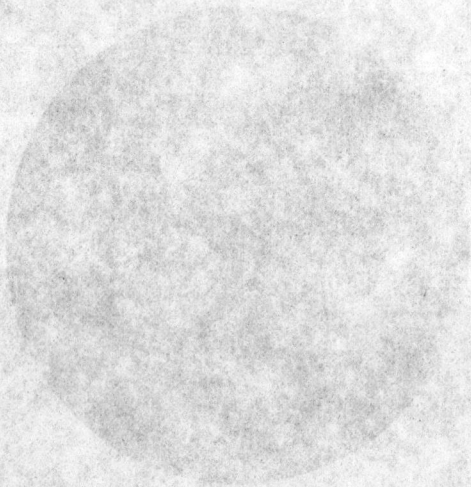

1... 穿越时光的长河

我想，漫长的岁月犹如一条蜿蜒曲折的长河吧！奔流不息，兜兜转转，潺潺流淌着诗意的芬芳，并散发着岁月深处的淡淡幽香，让梦不再苦涩漫长。

蓦然回首这半生走过的足迹，层层叠叠于时光的转角处，虽已模糊不清，却依旧感慨万千。角落里的花，悄然绽放，无须观众，也同样精彩。一直认为，一个真正内心富有的人，不需要太张扬的个性，看重浮华名利的背后，鲜花和掌声再多么热情，也和价值无关。

时间可以改变一切，比如年轮、容貌，却无法改变一个人思乡情结。离别故乡多年，漂泊在外的脚步疲惫不堪，乡愁也日益浓郁。时常独自站在深夜里，举目眺望深邃的夜空，遥望故乡的方向，一幕幕的往事总会浮现在眼前。故乡的一草一木、一屋一舍、亲人们的笑脸和嘱托、儿时的时光总能勾起深深的回忆。

随着年轮的增长，岁月的叠加，我被时光无情地隔在这头。如今，童年的玩伴早已长大，昔日嬉戏玩耍的画面早已被光阴无情地掩埋，成了名副其实的沙漏。

记得上次回故乡的时候，路上遇到了邻里的大叔，一下子愣住了。以前一口气能扛几十麻袋粮食都面不改色的大叔，硬朗的身板，如今已经驼背了，步履蹒跚，满脸皱纹，鬓角斑白，面对面的时候我们似乎都愣在原地，一时间名字在嘴边却说不出来了。迟疑了片刻才缓过神来，热情地打起了招呼。大叔憨厚的笑声依旧爽朗，拉住我的手亲切地问候着，眼神里却带着些许的生疏和感动。

时间改变了一切，让原本熟悉的人变得陌生，让曾经温暖的乡情有了距离。悄然改变的人和事，竟然都是那样身不由己。迈着匆匆的步履，行走在幼年常常玩耍的乡路上，路遇几个玩耍的孩子，看到他们那懵懂惊诧的眼神里，既欣喜，又那样迷茫。曾几何时，和童年的伙伴一起背着书包上学，一起挎着菜篮子去挖野菜，一起打布口袋，一起跳房子，一起奔跑在田野里，麦收的时候拾麦穗，秋收的时候在打谷场玩耍打闹，这些场景是那样的熟悉，却又离我那样的遥远，突然发现，时光再也回不去了。

常说，时光是最无情的杀手，却也是最昂贵的奢侈品。记不得多少年回家没有给父亲上坟了，每年的春节回家都是匆忙的，老家的习俗是不能春节扫墓的，只远远望着埋葬父亲的那片杨树林，远远看父亲一眼，就算化解心中的思念了。扪心自问，我对父亲是心存愧疚的，父亲那么疼爱我，活着的时候，我还年幼不懂事，不曾尽孝，去世了这么多年，我又何曾去父亲坟前添一锹黄土，锄一下杂草，跪下来给父亲倒一杯烧酒，烧几张纸，陪父亲说说话呢？每每思绪到此，都会喉咙哽噎，泣不成声，压抑在内心深处数十载的情感阀门顷刻打开，那种生离死别的痛苦，让我再次体会了人世间亲情的弥足珍贵。

人到中年渐渐沉淀了一颗浮躁的心，学会了沉默，忽然发现，有些话压在胸口，想说却找不到倾听的对象，好多的情感无法用语言来代替，谁能成为我的聆听者，来温润这枯燥的时光呢？

远去的岁月，穿过记忆的长河，记载着成长的足迹，分享着快乐，掩盖着所有的沧桑，让梦不再荒凉。或许，是缘分的眷顾，分别二十五年的同学们再次重逢，让我重温了那段纯真岁月。看着同学们的变化，除了欣慰之外还有太多的伤感。一个个曾经年少青涩的容颜，到如今的日益成熟稳重，变化得太大，太让人措手不及。常常怀念和同学们一起早自习，大声背课文，一起听老师讲课，一起讨论问题，争论得面红耳赤的场景，一起奔跑在操场上的时光，一起团团围坐在火炉旁边温暖的画面，而今，却再也找不回来了。原来，每个人都无法挽留光阴的流逝，有些回忆只能珍藏。

悉数盘点光阴的脉络，在匆匆的时光里细细回味，让感性的心疼痛不已。老去的岁月，似水的人潮，一次次在虚拟与现实间抉择取舍，在缘来缘散间行色匆匆，眼前依稀浮现出一幕幕画面，似曾相识且遥遥无期，转身便灰飞烟灭。时光中，这一切的一切似乎没有变，又似乎在时刻转变。远去的年华，苍老的容颜，依稀消失的背影，还有手里握紧的拥有，只需轻轻摊开手心，便稍纵即逝。这变了脸的时光，就像眼前的秋天，昨天还姹紫嫣红的花朵儿喧闹地挤满枝头，一场秋雨过后，一夜之间便落叶飘零、花谢叶枯，只剩下残败的枯枝了。浓郁的秋天似乎来时优雅，去时匆忙，不曾打一个招呼就已经剩下一个短尾巴了吧！

　　时光太无情了，不曾打个招呼就倏一下没了影子。偶然间发现，平时硬朗的婆婆突然间腰弯了，在厨房忙碌的身影，有些步履蹒跚，平时穿针引线的眼睛也花了，手指严重变形，满头黑发已经花白，身体和神采也大不如前了，我的眼睛顷刻间模糊了。突然一个清晨，阳光照射在窗台，儿子起床凑到我跟前，紧紧搂住我的腰，亲吻我额头的时候，那一刻我的心是温暖的，眼里弥漫着幸福。

　　时光无情也有情，至少还留给我们那么多明天可以追寻。我想，当火红的太阳升起的时候，我们迎接来的每一天都应该是新的开始，即便我们的人生遭遇着寒冷与迷茫，也该感谢时光的赐予，并时刻带着一颗感恩的心，用乐观积极的人生态度，踏着坚实的脚步，一路欢歌，穿越时光的漫漫长河……

2... 追忆我的父亲

　　腊月二十七，晴。踏着没膝的大雪，顶着冬日的严寒，走在崎岖的乡路上，和哥哥一起去看父亲。

　　二十七年来，这是我第一次去看父亲，忐忑不安。一路走来，远远眺望，那片被银白色包裹的树林，在西北风的吹动下闪亮耀眼，那里是父亲和母亲沉睡的地方。

　　去看父亲，我的心是期盼的，又是矛盾的，却少了二十七年前的胆怯。二十七年的时间，沉淀了太多的情感和思念，从青涩的少女，走进了中年，不停地消磨着光阴，一切时刻在变，却又似乎没有改变……比如，村子里空荡荡的房屋，随处可见的残墙断壁，越来越稀少的人烟，变得日益萧条。比如，父亲和母亲终于相聚在一起，哥哥和姐姐们都有了各自的家庭，儿孙满堂，绕膝承欢……

　　哥哥扛着一大袋的冥纸，蹒跚地走在前面，咔咔的踩雪声，惊动了树林里的鸟雀，拍着翅膀，四下逃窜。顺着雪地里凌乱的脚印，走进了树林深处，几个转弯来到了祖先的坟地。哥哥放下纸钱，按照祖宗立下的规矩，挨着辈分给祖先们坟头压纸钱，挨个帮我点燃，祭奠，以尽孝道。

　　顺着哥哥的指引，踏着厚厚的积雪来到父亲的坟前，突然间不知所措起来。眼前低矮的坟头，覆盖着厚厚的积雪，坟头压着的黄纸在北风里飘动，孤零寂寥。呼啸的北风，卷起一片片雪花儿，拍打在脸上冰冷凄凉。燃烧的火焰在眼前跳动，灰褐色的纸灰在空中飞舞，双膝跪倒，喉咙哽噎，泪水顷刻间淹没了眼帘，心揪着疼。"父亲，您还好吗？女儿来看您了"，撕心裂肺的声音在旷野里回荡，可父亲再也听不见了……

　　跪在坟前，突然觉得和父亲离得那么遥远，又那么贴近，父亲没有走远，仿佛还在眼前。篱笆小院，仿佛听到父亲的咳嗽声；低矮的草房里，温暖的火炕上，您坐在火盆旁，脸上挂着慈祥的笑容；田埂上，您坐着抽旱烟歇息的画面；二十七年前，那个风雨交加的夜晚，您紧闭双眼，和我做了一辈子的永别的那个一个一个瞬间，一一在眼前浮现。

父亲，和我终究是做了永别，一别就是二十七年。消瘦的面容、紧锁的眉头、深深塌陷的鼻梁骨，满是瘀青，微微驼起的背、轻轻的咳嗽声、夜晚胃疼时的低声呻吟，一幕幕再现。父亲，是生活的重担把您压垮，是凶残的病魔让您过早地离开了人世。五十五年人生里，您承受了太多的痛苦，没有享过一天福。为了生存、养育子女，您忍着病痛和命运抗争，含着泪水，挺着脊梁面对困难，付出了一生的心血。

还记得小时候，过了正月十五，父亲就带着三姐外出打工，贴补家用。家离车站不远，不到两公里，路是一个很大的坡，村子在高岗上，像一个深口的大碗，凹凸不平。那个时候，只要坐在火炕上，透过窗口就能看到公路上来往的车辆，停下，或者离开的场景。

我想，那个时候，我不懂得离别的含义，对于父亲，很多时候是惧怕的，又是依恋的。父亲背着行李，三姐跟在身后，四姐和哥哥提着包袱，去公路上送他们坐车，我和五姐只是站在院子外面，怔怔地望着父亲的背影，一声不吭。父亲和三姐去鸡西打工，要起早坐四个小时的客车到省城哈尔滨，再换火车，坐十几个小时火车，凌晨下车后，再坐"摩斯嘎"电车到二姑住的煤矿里，很辛苦。

清晨的阳光照在白雪皑皑的乡路上，西北风卷起树挂上的霜花儿，在阳光下闪烁着亮晶晶的光芒，刺眼地疼。父亲瘦弱的身体，扛着行李，脚下踩出咔咔的声响，在"碗口"向下洼移动，渐渐在我的瞳孔里一点点地缩小，却一直没回头看我。我知道，父亲知道我在那里望着他，却狠心地不看我，心里挺不是滋味儿的。

四姐和哥哥每次回来，都是眼睛红红的，应该是哭过的样子。我的心发慌，从来不问，也不敢问，知道父亲是去挣钱了。父亲几年来都是去二姑那里打工，年龄大了，没文化，只能做体力活，去给矿里烧锅炉，对于胃被切了四分之三的父亲来说，很辛苦。

父亲出门的一年里，好多次，梦见父亲，神情疲惫，双手顶住胃部，剧烈地咳嗽。我的心总是像被针扎了一样，在睡梦中惊醒。醒来后，偷偷地躲在被窝里哭泣。

有一年，父亲没进腊月就回家来了。放学路上，遇到表哥，告诉我父亲回家的消息，我撒欢儿地往家跑。推开门，跑进屋里，一头扑倒在父亲的怀里，撒娇地喊着。"爸爸，爸爸……"父亲抱着我，轻轻抚摸我的头，呵呵笑着，嘴里不停地叫着："老闺女，又长高了，知道想爸爸了！"我天真地笑了，抬头打量父亲，却被父亲的样子吓了一跳。父亲又瘦了，皱纹多了，鼻梁骨突然变成了青黑色，鼻子好像塌陷下去了。我突然间害怕了，望着父亲，有些胆怯了。父亲看着我吃惊的样子，摸摸鼻子笑了，什么都没说。

从那以后，父亲没出去打工，至于他鼻梁骨到底怎么伤的一直是我心底的一个谜团。后来，我去二姐家玩儿，走到门外，听父亲和二姐聊天说：父亲鼻梁骨的瘀青是烧锅炉的时候睡着了，摔倒了磕在锅炉旁的铁栏杆上骨折了。当时，父亲昏迷了，被来接班的工友发现了，送到医院才抢救过来的。三姐赶到的时候，父亲醒过来了。住院怕花钱，父亲就忍着疼痛出了院，只吃了点消炎药就硬挺过来了。听了父亲和二姐的对话，门外的我眼泪止不住流了下来，躲在院子外面偷偷哭了起来。那一年，我觉得父亲似乎苍老了许多，青黑的鼻梁骨变成了黑褐色，又变成了黑灰色，这个疤痕直到他去世，都没褪去。

腊月二十八清晨，是我要离开家的日子，翻开嫂子家的老相册，重新拍下了父亲在伯父生日上的那张旧照片，三十几个年头了，那个黑色的印记还清晰可见，让我的心一阵阵揪着疼。

收拾好行李，哥嫂送我去车站，送我上车。车缓缓开动，透过车窗，我看到了嫂子在用力挥手，哥哥转过头去抹着眼泪，我的眼睛模糊了。车在飞速行驶，路两旁的树木向后倒去，故乡与我越来越远了，那份难以割舍的亲情却揪着我的心。如今，三十几个年头过去了，我终于明白了父亲，当初背着行李去车站不肯回头看我的心情，他是怕看到我的眼泪，他的心会疼……

3... 妈妈，您是我的幸福

　　拥有母爱曾经是我这一生最大的渴望。上天赐福，在我的人生中有幸遇到了您，我的婆婆。

　　您坚强善良，面对人生的不幸从不自暴自弃。婆婆幼年失母、中年丧夫，为了生活她扛起了人生风雨，仅有三十七岁的您，带着五个子女艰难度日。在孩子们面前，您既是父亲，又是一个柔弱的母亲，几经风雨，从不退缩，用瘦弱的双肩扛起了养育子女的重任，支撑起这个贫苦的家。

　　妈妈，还记得第一次的相见吗？在那栋破旧的红砖房前，您奔了出来迎接我。仔细打量您，齐耳短发，还算结实的肩膀，一件粗布上衣，一条洗得发白的旧裤子，整洁而不乏简朴。那洋溢在脸颊上的是憨厚的笑容。您热情地上前拉着我，嘘寒问暖。看着您饱经沧桑的脸、因劳累而变形的手指，内心一股酸楚油然而生。

　　成家之后，我们婆媳间和睦相处了整整二十年，从来不曾有过矛盾和分歧。随着年轮更替，孩子们在长大，您在衰老，而眼里却溢满知足。为了尽孝道，儿女们希望您安逸地度过晚年，停下脚步为自己活，可您不知疲倦的身影却从不停歇。我们也希望您去跳跳舞、玩玩牌、散散步，可您总是说：那不是您喜欢的生活，真的如此吗？妈妈，看见您每次背着儿子，累得满脸汗水时，我的心揪着难受。

　　多年来养成的习惯，回家的第一件事就是看见桌子上丰盛的饭菜，您亲切的笑容，让我时刻感觉到家的温馨。因为有您，我更加体会到了生活的幸福，找到了家庭的温暖，寻找到了遗忘多年的母爱，我还奢求什么呢？

　　现在您的身体越来越不好了，可我们又为您做过什么？这么多年，我们没有尽好儿女的孝道，那些用金钱换来的物质真的可以弥补内心的亏欠吗？

每次聚会，儿女围坐桌前，高谈阔论，您总是忙里忙外不停歇，而我们更多的是漠视。回想这些，内心总是一种不忍，真的希望您好好地歇歇，也明白，能够和儿女们短暂地相聚，看见孩子们开心就是您最大的幸福和满足。

细细回味，原来作为母亲，您的要求竟是如此简单，不奢求。我们做的却是，工作忙，可以不回家；时间紧，孩子可以不管，而您尽的责任却多过我们做父母的，真的不知如何表达我的感谢。

城市生活的紧张使我没有更多的时间陪您，内心愧疚。每天您都关在家里，偶尔买买菜，走到楼下，看着那些老人家玩牌、聊天，由于语言不通，您总是远远地躲着，像个羞怯的孩子。我明白这种孤独的滋味，离开了老家的左邻右舍，没有了亲切的乡音，那份孤寂是我们这代人无法体会的。

您的善良淳朴是我人生的一面镜子。我敬重您的善良、您的坚强，在您的身上我懂得了，女人存在的价值。她可以不漂亮，但不可以不善良、不坚强。您用瘦弱的肩膀、踏实的脚步把儿女们带大，而劳累却累弯了您的脊背，皱纹爬上了您沧桑的面容，可您无怨无悔。您用青春换来了儿女们的成长，用善良的母性带给我人性的升华。时刻教导我们，善良、诚恳、坚强地面对人生，我将一生谨记。

感恩有您，幸运有您，让我懂得，爱是彼此的给予和付出才是快乐，不是奢求。感谢有您，真情常在，让我知晓，情是相互的担待和理解，是温暖，更是宽容。妈妈，今天是母亲节，也许文字无法代替我的情感，也许文字也显得很苍白，但我要发自内心地和您说，妈妈，此生有您，是我最大的幸福。

4... 寻亲记

　　故事发生在 1979 年一个初冬的清晨。在一声婴儿清脆的啼哭声中你来到了人世，成了一个十口之家的第八个孩子，从此也开始了你苦命坎坷的旅途。

　　那是一个艰苦和贫穷的年代，父母节衣缩食为我们操劳，无怨无悔。母亲是一个很坚强的人，孩子多加上生活的压力，积劳成疾，患上了长期的头痛，但她一直坚持着。命运多舛，上天并没有怜悯我们，1979 年的冬天，母亲终因疾病离开了我们。懂事的姐姐口中得知，母亲临去世的时候，紧紧拉住父亲的手，泪流满面，拼尽最后一丝力气对父亲说："你一定要坚持住，带好我们的孩子。不管多苦、多难，都不要扔下他们，不要给孩子找后妈。记住，一定要答应我。"此时的父亲，早已泣不成声，七尺男儿落下了伤心的泪，哽咽着答应了母亲生离死别的嘱托。

　　当母亲无力地垂下双手，带着她深深的遗憾离开了我们，离开了这个世界的时候，我们的童年变成了灰色。当时大姐十八岁，哥哥十五岁，二姐十三岁，三姐十岁，四姐七岁，五姐五岁，我三岁，而你仅仅只有四十二天。母亲的离去给了父亲沉重的打击，怀里抱着嗷嗷待哺的你，还有一大群等着穿衣吃饭的孩子，父亲的痛苦你能体会到吗？

　　母亲走后，父亲又当爹又当妈的拉扯我们。父亲的身体很弱，胃切除了四分之三，每天都不能吃饭，夜晚痛苦的呻吟声听得人撕心裂肺。当时，你还没有断奶，母爱和亲人的呵护是多么的重要呀！好在有亲戚的帮助，五娘、老姑应该是我们这辈子最该感激的人，她们是那么的善良，自己有那么多个孩子，还要照顾我们，在艰难的岁月里，好容易把你拉扯到四岁。条件不好，营养不良，导致你身体虚弱，还不会走路。在万般无奈下，父亲为了让你活下去，做出了艰难的抉择。他不能眼看着你这样死去，你是他的亲骨肉，于是，在亲友的帮助下找到了一个可以收养你的人，因为条件较好，他们又没有孩子。

　　你被抱走的那天，是我们兄弟姐妹永生难忘的一天。当时，父亲已泣不成声，他用粗糙的双手，为你整理衣服，颤抖的双手抚摸你稚嫩的小脸，泪夺眶而出，心里的痛苦可想而知。那是切肤之痛，今生或许都无缘再见，也许你永远也难以理解，你会恨父亲的残忍吗？你并不知道，看着自己的亲骨肉被活活饿死，那才是最残忍呢！可怜的你被抱走了，我们无论怎样呼喊、阻止、流泪，已成定局。

父亲日益消瘦，他想你，却不能说出来，只能默默承受。他曾经背着我们去偷偷看过你，那时你还小并不知道。每次回来，父亲都独自躲在仓房里偷偷地哭。

我们在长大，父亲却在苍老，可他的心痛和心愿却未因时间的流逝而抹去。时间很快过去，你会遗忘了自己的童年。会在快乐中长大，而你的亲人们也在对你的思念和牵挂中煎熬。说实话，我们也恨过父亲，但是他有那么多的无奈。这世上有哪一个父亲希望自己的骨肉分离呢？

父亲从小没有父亲，还未成年又失去了母亲，与母亲婚后十八年又失去了妻子，而你又成了他的心病。天不遂人愿，好不容易生活有一点曙光之时，又一场厄运来临了，年仅二十二岁的大姐因产后风而离开了他，给了父亲又一个致命的打击，陷入深深的痛苦之中。

1990 年的初秋，操劳了一生的父亲终于没能坚持下去，突发脑溢血离开了人世。临走时，父亲没有闭上疲惫的双眼，因为他的心愿还没了。当时哥哥、姐姐刚结婚，我们还都没有依靠，年仅十七岁的五姐和三姐外出打工，而我也在没有生活依靠下茫然地生活着。三年后，我不想给哥哥姐姐添负担，主动要求外出打工，带着仅有的四十元钱，离开了曾经给予我生命和痛苦、快乐与伤悲的黑土地，开始了打工生涯。临走时，我望着埋葬父亲的地方暗暗发誓，今生一定找到你，让你知道这个世界上还有你最亲的亲人，那是血浓于水的骨肉亲情。

1994 年的夏天，我和二姐、三姐、四姐去找过你，但是在你养母的否认下，我们不忍心再伤害她的心。你长得最像五姐，可五姐没有去。回到家中，哥哥长叹了一声，别找了，知道她好就行了。固执的我们，真的希望有朝一日你能回到亲人身边，来到父亲坟边，再叫一声"爹"，这样也许他老人家的心愿就了了，叫一声"哥哥，姐姐"，也算没有枉为姐妹兄弟一场。

　　失败没有打败我们，我们坚信你也在等待我们。2010 年哥哥的二女儿结婚时，我们又重新踏上了那个漫长而又痛苦的寻亲路。听人说，你已结婚生子，但是条件不好。也许是上天捉弄，你有一个不平凡的人生，阴错阳差下你被同样送给你养母孩子的表哥认领，因为在你的丈夫得重病时，养母没有办法，为了你的幸福，让表哥与你相认，而你又走进了一个困顿的人生。在我们踏进那个小院时，暗下决心，一定认回你。当五姐第一个走进屋时，你的养母正在生病，因为在过年时你离开了她，去亲生父母那里，没有顾及她的感受。

　　知遇之恩，养育之情，是一个人这辈子最不该遗忘的。她养育了你三十年呀！在举家团聚时，她多希望你能陪在身边，那是一种怎么样的痛苦和无奈，我想你没有体会到。满怀希望的我们走进屋，问她：阿姨，你认识我们吗？她激动地说：认识，你是闺女的姐姐，看我来了。当时的情形我们无法控制，只有失声痛哭，以为她认下了我们。可当她回过神来，就又一口否认了这个事实。倘若，你与我们相认了，就有可能离开她了。我们没有别的企求，就是希望能给我们一个机会，来报答她的大恩大德，给你幼小心灵所受的伤害以应有的弥补。然而，老人家情绪过于激动，我们只好选择离开。

　　事情是那样的巧合，真没想到今生我们还能相见。你听了养母所说的事情经过，气愤难平，打车与表哥来到了哥哥家找我们理论。你的表情是那么的愤怒，我们能理解你的心情，你的痛苦，可你是否知道那份埋藏了多年的亲情，竟然是在如此情形下相见？你的指责与气愤，我们明白。你说：为什么这么多年了才找我，而且当初为什么会把我送人呀？面对指责，我们只能无奈地低下头。可小妹呀，我们多想你叫一声：哥哥、姐姐，用一句简单的话来温暖我们三十年来对你的思念呀！

　　你愤愤地走了，我们的希望也破灭了。我们真的不再奢望你还会认我们，只是希望你健康、平安、快乐，如此足矣！

　　转眼又一年过去了，我们经多方打听，知道你的父亲（表哥）已在 2010 年不幸去世了。这对你来说，无疑是雪上加霜，你还没有体会到亲人的爱，就匆匆分离了。你的人生是坎坷的，你太需要我们的爱了，可我们不想打扰你的生活，特别是你的养母，也许这个身世的秘密要藏在她的心中一辈子了，对你却是那样的不公平。于是，姐妹们商量，假如你来找我们，我们会帮你，因为我们在无数次的梦中，都呼喊过你：妹妹，你在哪里？

5... 粽米飘香情依旧

　　每到粽子飘香的时候也就预示着又一个团圆的开始。那香甜的粽子不仅仅是一种文化的传播，更是连接人类情感的纽带。

　　童年的家境是相对贫困的。每年的端午，姐姐们都会用省吃俭用攒下来的钱，去买一些糯米和少许甜枣，自己动手包粽子，这样就算一个很好的节日了。棱角分明的粽子在姐姐们灵巧的双手下，变成了美味，心里总有一种暖暖的感觉。记得每次分粽子，贪心的自己都会到哥哥姐姐手里去抢他们的那一份。他们总是谦让于我，待我最好的三姐也总是偷偷地把自己的一份省下来留给我。长大了，我深深地明白，那小小的粽子，不仅仅是包起来的美味，更是一份难能可贵的真情，也包含着我童年的那份血浓于水的关爱。如今，每逢节日，哥哥姐姐依旧会打电话询问，吃粽子了吗？虽然内心知道，如今吃粽子，完全没有了儿时的童真和童趣。

在外漂泊的日子里，每逢过节都会和同事们在一起，动手包粽子。笨拙的我把粽子包得乱七八糟，惹来同事们一阵哄笑。每年端午，老板都会发粽子和红包，虽然很少，但那种喜悦是来自心灵的一种温暖。我们还会互相争抢少得可怜的红包，偷吃别人的粽子，在朋友的嗔怒中开心地体会友情的快乐。如今，朋友们已天各一方，而那份纯真的友情却深植在我的内心不曾遗忘。

每到端午，爱人总是老远地从部队乘车跑来，拎着一大堆粽子满头大汗地送给我，还会炫耀地和我说：这是他们自己包的粽子，好吃着呢！每到此刻，他都会静静地坐在我面前，看着我一口口地吃着他包的粽子，看见他眼里喜悦的表情和期待夸奖的样子，心底总会涌出一股暖流，充满幸福感。

随着时间推移，人到中年，也更加明了爱的深刻含义。最完美的爱情应该是，无论贫穷还是富有，只要彼此互相的关爱，内心彼此的宽容，就已经足够！完美的人生，不是能拥有多少金钱和权力才是最好的归属，而是在经历人生风雨过后，能够有一个相伴相搀，携手到老的人才是最好的心灵归宿。

　　成家立业后都是吃着婆婆包的粽子，已成了习惯。每到节日，婆婆都会早早起来，忙里忙外地不住脚。当端上桌子的粽子拿到手中，大家都吃得津津有味的时候，婆婆也不免会遗憾地说："也不知道你弟弟今天在外面吃没吃粽子，他最喜欢我包的粽子了！"此时，毫不理解的我们都会异口同声地说："您真能瞎操心，在外面有钱什么样的粽子吃不到，不用你惦记呀！"婆婆自言自语地说："可我包的粽子都是两个蜜枣的，可甜了"。每每此时，婆婆总是沉默不语，或轻轻地叹口气，而内心的酸楚我们却无法理解。随着年轮的增长，为人父母后深有体会，父母不是牵挂孩子可不可以吃好，而是那份若有所失的亲情和对远在他乡子女的那种真实的牵挂。也深刻明了，每一个节日都凝聚着母亲那深深的爱，她永远是一座温暖的堡垒，而我们却如同那羽翼丰满的苍鹰，不再关注老人孤独和失落的情怀，疏忽了母亲最真实的感受。

　　人生犹如一段漂泊的旅程，而芳香的粽子不仅仅凝聚了浓厚的文化底蕴，也深藏了更多的情感在其中。它不仅使我忆起童年的那份天真与快乐，也使我体会了友情的纯真与久远；它不但包裹了爱情的甜蜜，也诠释了幸福的永恒。那层层包裹的丝线，不仅包含着母亲悠远的牵挂，勾起漂泊在外的游子那份浓郁的乡愁……

6... 榆钱儿

在北方，除了白杨树，见过最多的就是榆树了。老家的村口就有几棵老榆树，顶风遮雨地在村口也几十个年头了。

当第一缕春风催醒了沉睡的大地，多情的春雨滋润着刚鼓出土的秧苗儿，春耕开始的时候，漫山遍野的白杨树绿了，纤纤柳树笑弯了腰，刚刚抽出嫩叶儿的老榆树上也开出嫩黄色的花朵儿，这就是榆钱儿。榆钱儿是榆树开的花，形状长得像铜钱，就叫榆钱儿，谐音就寓意有"余钱"了。

每到春暖花开的时候，榆树钱儿便开满了榆树的枝头，拥挤不堪。嫩黄色、浅绿色，像碧玉一样通透，裹着露珠儿，迎着太阳，偌大的树冠，翠绿色的叶片，不仅能带来阴凉，还能遮挡着风雨，防止风沙的侵袭。

"东家妞，西家娃，采回了榆钱过家家，一串串，一把把，童年时我也采过它……榆钱饭榆钱饭，尝一口永远不忘它……"程琳一曲优美动听的《采榆钱》，勾起了童年里太多的回忆。

榆钱儿是一层层生长的，说它是榆树的花也不为过，那翠绿的颜色惹人喜爱。榆钱一层层重叠着挤在枝头，包裹着密密麻麻的叶子，猴急的孩子扯一把就塞进嘴里，细细咀嚼，一股香甜的滋味儿刺激着味蕾。春天是好时节，缀满榆树枝丫的榆钱儿勾着孩子们魂儿，引着馋虫从肚子里往外爬。榆钱儿迎着风，顶着露水，招惹几个淘气的小伙伴踩着肩膀，攀爬上榆树去采摘。我还记得，村子里的淘气包，爬树去摘榆钱儿，也不管三七二十一，就折下榆树叉子，扛在肩膀上，边走边吃跑进屯子里。有一次，爬树不小心刮破了裤裆，露出了白白胖胖的屁股，回到家里被他妈妈打了一顿，他还是鼻涕甩着，眼泪哗哗地流，嘴里含着的榆钱儿愣没舍得吐出来。

榆钱儿好吃，成了饿肚子时候的零食，邻居家的婶子说它是救命的粮食。青黄不接的时候，婶子采来榆钱儿，一片片地摘下来放在水盆里浸泡，仔细地洗干净后，点着灶火，放上少量的豆油，烧热后，放上葱花，在锅里爆香后，添好水，加盐，把灶下火烧得旺旺的，不一会儿，锅里就飘出了香气。婶子动作麻利，舀来一碗白面粉，用水搅拌出小疙瘩，等汤翻滚后，顺着锅边倒进锅里，煮沸腾后，开几个滚，榆钱儿疙瘩汤就做好了。婶子总会盛出满满一碗，笑着端到我面前，温柔地说："吃吧，饿了吧？坐下慢慢吃，锅里还有呢！"每到此刻，闻着飘着油香的疙瘩汤，直钻进鼻孔，让我肚子打鼓，眼神贪婪，捧着碗一口气儿吃个精光。心灵手巧的婶子，还会做榆钱儿饭，烙榆钱儿葱花饼，蒸榆钱儿窝头，虽没有多少荤腥，却吃得好香甜。

关于榆钱儿的记忆太多、太深刻。记得有一年闹虫害，村子周围的榆树几乎都死去，春天榆钱儿熟了的时候，没了鲜嫩，碧玉般的榆钱儿身上千疮百孔，浑身都是虫子嗑出来的洞，根本就不能吃了。孩子眼巴巴地望着榆钱儿不能爬树摘，大人们看着榆树心疼得叹气，榆钱儿美味不能填满肚皮，再也不能解馋了。

树死了，榆钱儿吃不到喽！路过榆树下的人们叹息着。虫害越来越厉害，榆树渐渐枯萎。为了救树，喷洒了杀虫剂，鲜嫩的榆钱儿再也不能吃了。天不遂人愿，正当人们盼着榆树活过来的时候，一场大雨又倾泻而下，疯狂地摧残着老榆树的枝蔓，大风将满树榆钱儿吹落了一地，看了揪心。

雨过天晴之后，又是一个艳阳天，奇迹却发生了。老榆树又活了，枯萎的枝干又发出了嫩芽儿，被害虫啃食过的叶子又冒出了嫩绿色的叶片，树冠也开始丰满起来。热浪滚滚的夏天，老老少少又聚集在榆树下纳荫凉，虽然说榆钱儿吃不成了，可幸运的是树活了，明年就有了希望，经历了风雨的榆树生机盎然，茂盛的树冠遮挡着风雨，在村口守候。

春暖花开的季节里，故乡的榆钱儿又爬上了嫩绿色的枝头，层层叠叠，勾着我的魂儿。我想，满头白发的婶子一定会拿它做成香甜可口的美味，再盛来满满的一碗，满面笑容送到我眼前吧！村口的老榆树，几十年来经历了无数风雨，依旧守候着日益渺小的村庄，站立成一道永恒的风景。榆钱儿飘香的春色里，勾起了我无尽的乡愁和思念，老榆树和命运抗争的坚强意志，不也和人的一生一样吗？

7... 温暖的鸡窝

"鸡窝",俗称"鸡葫芦"。它是农村篱笆院子里很常见的家什,是乡下人眼里的宝。

我这里说的"鸡窝",不是鸡、鸭、鹅住的窝,那个在农村叫鸡、鸭、鹅架。鸡窝,是专门给母鸡下蛋,孵化用的家什。它用干稻草和细铁丝编成。用稻草编既柔软,又防潮,还透气,用铁丝拧也会更牢固些。它的形状呈大头小尾状,开口比较大,大窝里面套着一个小窝,能防雨。它是倒着摆放的,方便鸡上下进出,外观上看像一个大头小尾的葫芦,俗称它"鸡葫芦"。

编鸡窝,用料选材很讲究,是一个技术活儿。说起"拧鸡窝",要数屯子里的孙二爷。谁家"鸡葫芦"坏了,都去找他。他拧出来的鸡窝,形好,平整,紧凑,不蓬乱,铁丝不剐手,能用好几年。

拧鸡窝费工夫，一坐就几个小时，又累腰。孙二爷一个人过，是村子里的五保户。他除了几垄口粮田，只能吃大队的救济粮。他为人和气，有人求他，从不拒绝，总是笑呵呵地点头答应。那个时候，一群孩子总是跟在孙二爷身后，围着他叽叽喳喳叫个不停，或者搬来小板凳坐在他跟前，缠着他讲故事。什么二郎神的传说、水浒英雄传，听得津津有味。孙二爷帮忙不要报酬，不过，凡是求他编鸡窝的人家，菜园子里的青菜也都会给他送一些，那年月，简单的邻里走动，让枯燥的生活有了人情味儿。

每年的六七月份，天气炎热，要入伏的时候，是母鸡孵化的季节。下蛋的母鸡会有个别的停止产蛋，婶子大娘们说是"歇窝"。不下蛋的母鸡整天趴在窝里不出来，还把别的鸡下的蛋搂在身子底下，"咯嗒、咯嗒"地叫唤着。

20世纪70年代，农村人除了秋天等庄稼地出粮，卖钱，没啥经济来源。一户养十几只鸡，一只公鸡，其余都是母鸡，喂鸡的口粮是谷糠。春夏是鸡产蛋的旺盛期，要是母鸡里有那么一两个歇窝的，可愁死了靠鸡蛋攒钱过日子的老娘们儿了。鸡不下蛋，就等于断了零花钱儿，趴窝鸡被女主人拿着烧火棍从窝里打出来是常有的事儿。

"鸡葫芦"最大的用处，就是孵小鸡。趴窝的母鸡，躲在鸡窝里，宁可不吃不喝，也寸步不离它的孩子。一旦有人走近，它的翅膀都会张开，嘴巴乱啄，"咯咯咯"叫着。抱窝鸡孵化出来的小鸡，不怕打雷，温度均匀，比一般人工孵化的小鸡要健壮。母鸡很袒护小鸡，天气有变化，或夜晚来临后，它能把它们一个不落下地带回家。下雨天它会把小鸡都护在身下，遮挡风雨，动物的世界和人一样，母亲的爱永远是最无私的。

小的时候，对鸡葫芦有一种特殊的情感，还因为它发生过笑话。那个时候，鸡蛋在农村有大用处，能换好多东西。家里孩子上学的学费，柴米油盐零花钱，谁家有坐月子的，都指望鸡屁股了。我记得，大约七八岁吧！家人都去地里侍弄庄稼，留下我在家。晌午的太阳很毒，晒得人不敢出屋子，我躺在火炕上打瞌睡。到了晚上，收工回家，吃过饭，嫂子喂完鸡，去鸡窝里拿鸡蛋。嫂子美滋滋地把手伸进鸡窝，费了好半天劲儿拿出来了五个鸡蛋。不对，明明今天有七八个鸡有蛋，咋没了三个，是我没摸准成吗？嫂子自言自语，满脸失落。

第二天，还是我在家，到了晚上取鸡蛋，又少了两个。嫂子笑嘻嘻地问我："今天下午家里来人吗？"我说："没有啊，就我自己"。嫂子又问："今天屯子里来卖冰棍儿了吗？"我说："有啊，我听到喊了呢？"嫂子笑了，眼睛眯着一条缝儿，冲着哥哥挤咕着眼睛，他们盯着我看，我感到脸上在发烧，浑身不自在。"不是我，我没拿鸡蛋换冰棍儿……"我委屈地大叫着，眼圈湿湿的。"别哭了，没说你。"哥哥安慰着我，给嫂子使了一个眼色。那个时候，冰棍儿五分钱一根儿，一个鸡蛋能换两根冰棍儿，家里没有现钱，卖冰棍儿的就用鸡蛋换冰棍儿，然后，在赶集去卖鸡蛋。

被人误解心里真的不痛快，于是，我暗暗下定决心一定要抓住小偷，还自己清白。第三天，我留了一个心眼儿，躺在挨着窗户最近的地方，假装睡觉。这个地方视线最好，院子里的一切都在眼里。就在我故意偷懒的工夫，一个人影偷偷摸摸翻墙进了院子，在日头底下现了原形，原来是隔壁邻居家的小黑子。我半眯缝儿着眼睛观察他的一举一动，他蹑手蹑脚地摸到鸡窝前，探头探脑四下看了看，确定没有危险的情况下，才把脏兮兮的小手伸进了鸡葫芦里。几秒钟后，他得逞了，脸上露出了得意的笑容，不过，只一眨眼工夫就被我这个英雄人物的大喊一声，吓得一缩脖子，吐了吐舌头，给抓了一个现行。我被平反了，侦破了偷窃案，在家人面前开心得忘乎所以。

鸡葫芦里藏着鸡蛋，是农村人眼里的"宝"不过，因为鸡发生的矛盾也不少。什么你家的鸡，啄了我家菜园子里的菜；我家的鸡，把蛋下在了你家的鸡葫芦里，我家的鸡崽子被你抓去了，不给了。篱笆墙内的婶子大娘为了鸡毛蒜皮的小事儿也搞出了不少笑话，可吵过闹过后，最后的结果还是和睦相处了。

"鸡葫芦"在物资匮乏的年代里，成了农村人眼里的钱串子、口粮钱，也带给了我好多童年的回忆。如今，每次回乡下，都会在村子里走一走，看一看。嫂子的鸡葫芦还在，只是被风雨淋得褪了色，孙二爷住的老屋已经换了人，偷鸡蛋的小黑子搬进了城里，物是人非，而我的记忆，却停留在那个温暖的鸡窝旁，走不出带给我回忆的故乡……

8... 马背上的童年

我的童年时光是在马背上度过的。

生产队分队那会儿，牛马稀缺，耕种是个大问题。为了春耕秋收不求人，父亲东拼西凑了八百块钱，领着哥哥走了几十里路，托熟人买回来了一匹三岁左右的黑马，我们叫它黑毛。

黑毛高大，强壮，一身黑鬃毛，黑亮的毛发在阳光下一抖，直闪光。开春播种，黑毛很卖力。农忙的时候，地里活多，锄草，拔草，施肥，离不开人。父亲和哥哥整天在地里忙，放马的任务交给了我。

草甸子上青草低矮，柳条通深处的草鲜嫩，是放马的好地方。茂密的草丛深处，不时传来鸟叫声，有些古怪的声音传进耳朵。

听大人说，柳条通里有野狼的出没，荒僻的地方还有坟地，可吓人了。

哥哥怕我牵着马放不安全，就用缰绳绊住黑毛的前蹄儿，让它一跳一跳地向前走，就跑不快了。黑毛的眼睛跟铃铛一样大，它甩着黑亮的鬃毛，嘴里发出嘟嘟嘟的打鼻声，可凶了。有几次，我精神溜号儿，去跟伙伴们凑热闹、玩扑克、挖野菜、采野花儿，忘了淘气的黑毛，它就跑进了人家黄豆地里，吓得我直哭。

黑毛独来独往，不合群。我不敢靠近，就远远跟在它身后，担心它一撒欢儿，扬起后蹄儿一脚把我踢飞了。

黑毛有时很乖巧，嘴巴却刁钻，专挑新鲜的草吃。为了好看管它，哥哥找一片青草好的地方，在中央钉了一个木桩，把它拴在上面，让它绕着木桩转圈吃草。天气晴朗，湛蓝的天空下，朵朵白云飘浮在头顶，空气里飘散着野花香，还有黑毛大口咀嚼青草的味道，很清新。我坐在空地上，打开一本书，细细品读。黑毛慢慢地绕着木桩，低头啃着鲜嫩的青草，不时抬头看看我，上午时光很快就过去了。

黑毛拉磨一样转圈吃青草，发现它后蹄蹬地、前蹄扒土，就是吃饱了，我却饿了。哥哥每次来接我，都先把我抱起来，放在马背上，解开缰绳，牵着黑毛，慢慢向家走……

有一次，哥哥送完黑毛，去忙农活，到了中午，没来接我们。放牲口的人都走了，空荡荡的野地里只有我和黑毛，孤零零地发呆。柳条通里不时传来奇怪的声响，怕遇到坏人，或者，窜出来一匹狼就糟糕了。

日头爬到了头顶，晒得我头皮都疼，黑毛也有些不耐烦了。我想，它是有些口渴了，蹄子在不停地刨地，最后竟然用头蹭起了木桩。木桩扎根不深，在使劲摇晃，从泥土里一点点露出头来。我吓哭了，如果黑毛拔出木桩，它要是撒泼地跑起来，我该怎么办？

眼看黑毛就拔出了木桩，我的心提到了嗓子眼儿。父亲说，遇到难事儿不能躲，一定要自己想办法解决。想到这里，我面对空旷的草甸子，做了一个深呼吸，鼓足勇气站了起来，一步步靠近黑毛，想帮它解开绳套，可心里还是担心它会发脾气。一步……

一步……距离越来越近，终于第一次靠近了黑毛，那么近……

　　突然，黑毛停止了蹭木桩，眼睛瞪得大大的，盯着我。一瞬间，我感觉窒息了，伸出的手停在了半空。忽然，我感觉有股气流托着我，有个东西在蹭着我的身体，感觉麻麻的、痒痒的，挺舒服的。一秒、两秒……"啊……"我突然清醒过来，仔细一看，原来是黑毛。它微闭着眼睛，低着头，用嘴巴在拱我的身体，长舌头舔着我的头发，流着湿漉漉的口水，舌苔上还沾着青草末呢！我突然感觉到一种温暖，黑毛变得温顺了，平时瞪大的眼睛里流露出了温情。仗着胆子，我摸着黑毛的头，它温顺地享受着我的爱抚，让我破涕为笑。我顺利地解开绳子，牵着黑毛，走在草甸子上，心都要从嗓子眼儿跳出来了。

　　第一次牵黑毛成功，我的心里别提多高兴了。回家后，父亲却责骂了哥哥没去接我，也责备了我。有了第一次和黑毛的接触，我们越来越默契。后来，不用哥哥送我了，我可以牵着马自己去草甸子了。晌午的时候，草甸子，柳条通里，到处都是放牧回家的人。草甸子离家挺远的，走路要半个小时。伙伴们胆子大的可以爬上马背，骑着马回家，到了晌午，成群的牛马在乡间路上奔跑，马背上的孩子们欢呼雀跃，在田野里回荡，成了赛马节。我胆小，只能牵着黑毛躲在一边，不敢凑热闹。黑毛这家伙，看到其他马在跑，也兴奋得要挣脱缰绳，和它们一起撒欢儿，吓得我放声大哭。

时间久了，看着别人骑马威风的模样，我心里也痒痒的。如果能骑着马回家，奔跑在田野上，和电视里的女侠一样，该多威风啊！我个子小，还没有黑毛的腿长呢，想爬上马背真的不容易。好奇心的驱使，让我又萌发了骑马的愿望。每次放马，我都去讨好黑毛，去薅一些青草给它吃，然后，趁它低头吃草的功夫，我去抚摸它的鬃毛，跟它亲近。黑毛很温顺，我试探着把腿攀在它的脖子上，它竟然没有反对，还是自顾自吃草，试了几次，觉得没问题了，胆子也大了起来。我把整个身体都趴在黑毛脖子上，一只手紧紧拉住缰绳，一只手搂住黑毛的脖子，身体离地，处于悬空状态，黑毛一低头，我就下来，摔了几个跟头。我不服气，凭什么别人能骑马，我不能？尝试了好多次后，终于在黑毛的配合下，我爬上了马背，坐直了身子。

骑着高大的黑毛，走在乡间的林荫路上，微风轻轻吹拂着脸颊，哼着小曲儿，别提多美了。

放马的时光短暂，只能从春耕到麦收。处暑动刀镰，秋收到了，黑毛就没那么轻松了。它被套上车拉麦子、起土豆，打谷场上父亲甩着鞭子，哥哥翻弄着谷子，毛孔发亮的黑毛撒开四蹄儿拉着石头滚子，奔跑的影子在夕阳下拉长……

秋收过了，乡下恢复了平静。雪后的乡村，没有了秋收时的忙碌，顷刻间宁静下来，人们开始猫冬了。黑毛被卸下夹板，轻松了些，父亲又开始给它加饲料，冬天要养肥它，来年好出力。

腊月十六，老叔家办喜事，哥哥套上马车拉着嫂子去随礼。临走的时候，我给黑毛添了谷草，又给它捧了一大捧麦糠，摸着它的头，看着它吃。黑毛低头来蹭我，用嘴巴舔我的手心，痒痒的。目送黑毛远去的背影，没想到，是我和它这辈子的永别。

办喜事的前一晚，漫天大雪，可恶的小偷把拴在马槽上的黑毛牵走了。第二天，哥哥起来喂马，发现黑毛丢了，情急之下，哥哥踏着没膝盖的大雪四处寻找，找了几天都没有一点消息。

黑毛丢了，我哭了好多次。父亲一声不吭，不停地抽着旱烟。哥嫂唉声叹气，情绪低落。当时，真的希望它是缰绳松了，自己走丢了。或许，哪天我推开门，它就站在院子里，在马槽前吃草，在场院里打谷子，在草甸子上撒欢儿打滚，在林荫路上驮着我，扬起四蹄奔跑向远方……

9... 小时候的穿着

闲来无事，整理衣柜，翻出来了一堆旧衣服。儿子去年买的一条牛仔裤，只穿了几次，就摔破了一个洞；一件紫红色的格子外套，大小还合适，袖子短了，不太合身了。好说歹说，儿子不情愿地套在身上，却一再表示，坚决不穿，怕被同学们笑话，就糗大了。

婆婆拿过衣服，不以为然，大小合适，袖子还可以接一块，咋就不能穿呢！现在的孩子条件好了，太败家，不会过日子。

爱人说，现在条件好了，衣服不贵，又不是没钱买，一个孩子不至于那么寒酸吧！

几个人争论不休，没有结果。第二天晚上下班回家，婆婆突然像变戏法儿一样拿出了那件格子外套，仔细一看，袖子用相同颜色的布料接出了一块，看着还不错呢！儿子说什么也不穿，怕丢面子，婆婆坚持不让我扔掉，说太可惜了，没有办法，只能让它继续睡在衣柜里了。

偶尔，打开衣柜，看着它静静地躺在衣柜里，联想起自己小时候。小时候家里条件不好，根本没钱买衣服，穿衣服基本上是哥哥穿过给弟弟、姐姐穿过给妹妹，一个传一个，补丁摞着补丁，早就破旧不堪了。

20世纪70年代末，生产队还没解散，家里年年都是"胀肚户"，生活拮据。母亲去世早，父亲带着我们辛苦过日子。大姐出嫁了，二姐去地里干农活，家里的活计都是十五岁的三姐打理。

家里人口多，条件不好，生活艰难。父亲兜里没钱，仔细的三姐靠卖鸡蛋攒下的钱到集市里扯回几尺花样布，给我们做衣服。不会裁剪，就求婶子、大娘帮忙。没有缝纫机，就去别人家借用。那个时候冬天可冷了，上学没有大衣穿，只能穿棉袄、棉裤、棉鞋和棉手套御寒。男孩子戴狗皮帽子，女孩子戴着五颜六色的头巾，走几里地去上学，西北风刺骨地冷，冬天坐板凳怕凉，穿的棉裤都厚，一个个圆鼓鼓的像面包，出门冷，哈出来的热气儿把眉毛，嘴巴上都挂满了一层厚厚的霜花儿，跟白胡子老头儿一样，滑稽可笑。

在北方生活，好多孩子都穿那种戴肚兜的棉裤。婶子、大娘们做的棉裤都是和裤腰连体的，形状像一个等腰梯形，前面是一个梯形的布口袋，里面絮上薄薄的棉花，底边儿两侧各缝一个长布带，布带最边缘的地方打一个扣眼儿，从后腰的地方要多接出一块后腰，后腰的地方絮棉花，多接两条带子，长度要绕过整个腰围，在布带的边缘处一侧打孔，一侧缝一个大扣子，交叉着扣上纽扣，护住胸前保暖，免得着凉。

三姐给我做的第一条棉裤还闹出了笑话，不留神把前后的裤裆缝在了一起，根本就穿不了，拆了几次才缝好，气得好强的三姐哭了好几回。功夫不负有心人，熟能生巧，三姐终于学会了做针线活儿，还给我做了一件红色的小碎花的上衣，穿着可漂亮了。三姐还用剩下的布料裁一个棉袄面，用旧线衣做内里，做一个立起来的圆领，或者用毛线织出一个毛领，做假领，絮上棉花，花棉袄也可好看的呢。剩下的布角儿还能给我做一双棉鞋，均匀的针脚儿，密密麻麻纳得结实的鞋底儿，耐磨又暖和，还能给我用花布角儿拼一个布口袋，和小伙伴在一起跳房子。

　　家里姐妹多，过年没钱买新衣服，三姐心里很着急。为了让我开心，三姐想方设法给我做衣服。四姐穿的紫裤子短了，五姐穿的黄裤子膝盖破了，三姐灵机一动，把两条裤子拼凑一起，给我做了一条两个颜色的裤子，穿着可合身了呢！

　　我的记忆里，五颜六色的的确良也挺流行的。夏天穿在身上光滑，不沾身，大姑娘小媳妇都比着穿，谁要是有一件的确良穿在身上，别提多美了。为了能穿一件的确良衬衣，四姐还给人家打工，去薅亚麻、摔亚麻，走十几里路去野甸子里剪车前子回来，在院子里晒干了，卖钱积攒起来，买衣服穿。

　　80年代，最流行中山装。葱心绿的颜色，装上四个兜，毛料，昵子，各式各样的。还记得，伯父家的二哥在部队当兵，每年探亲回家，身穿着一身绿色的军装，在大街上一走，就招来左邻右舍羡慕的目光。到家还没等坐稳当，哥儿几个就会脱下他的军装，争抢着穿在身上，过过当兵的瘾。依稀记得，一次回老家，翻看老相册的时候，还看到哥哥身穿军装，英姿飒爽戴军帽的照片，留下青春的美好回忆。

　　八岁的时候，嫂子嫁进了门，二姐出嫁了，父亲带着三姐外出打工，给我们做棉衣的活计就嫂子和二姐包了。嫂子做活快，但粗糙；二姐慢性子，挺细致。村子里的妇女做鞋，谁活计好，谁鞋样子就多。二姐做的棉鞋秀气，样子好看，冬天穿棉花包的棉鞋，打上四个到五个鸡眼，穿上鞋带儿，脚底下垫上玉米叶子做的鞋垫，不缓霜，还保温，出汗湿透了，掏出来放在炕席下面烘干，穿在脚上还是那样的温暖。

　　随着生活水平的提高，狗皮帽子、花头巾、大棉袄、二棉裤、条绒面的棉鞋、苞米叶的鞋底儿、手工纳的千层底儿、走出了我们的视线。节俭，对于现代的孩子们那样的陌生，而那个年代所带给我们的温暖和情感是任何东西都取代不了的，它们是扎根在记忆深处，永远不能忘记的画面……

照进心底的阳光

第三卷

1... 照进心底的阳光

南方连日来阴雨，好久才盼来一个晴天。清晨起来，推开窗户，走出室外，迎面扑来阵阵微风，空气很清新。小区里的甬道上，散步的人也逐渐多了起来。

喜欢阳光明媚的天气，出门不打伞，顶着太阳一起前行，整个身体都处在温暖里。阳光出来了，花也艳丽了许多，空气里花香扑鼻。铺满花香的甬道两侧，花匠在修剪着，咔咔的剪子声，紫薇花的枝杈纷纷落地，被修剪成了椭圆形，像一个个多彩的蒲扇。路上碰到上学的孩子们，温暖的阳光下，小家伙们背着书包追逐着，嬉笑着，叽叽喳喳地从身边跑过，真的好可爱。

徜徉在春日的阳光下，身心愉悦，一边走路，一边习惯性打开手机，翻看着动态。无意中，看到了一个文友空间更新的一条消息。他说："好久没有打喷嚏了，这种情况有些不对劲了。"看了他的动态，心底突然有些隐隐的不安。犹豫了片刻，在评论栏里敲下"注意身体"四个字符，却没有去对话框打扰他，心里多了一丝忧虑。

人们说，和阳光的人在一起，你的心也会照进阳光，充满积极的正能量；相反，和消极的人在一起，你的心态也会被传染。

他是一个乐观、开朗、充满阳光的人。认识他，是通过一个朋友推荐的。起初，我们很少交流，他的情况也是从朋友那里了解到的。

他是一名先天性脑瘫患者，出生在安徽省的一个农村，从小就不能走路，连最基本的生活都不能自理。直到现在，他都是要靠七十多岁的父母来照顾的。身体的残疾，让他从小就饱受病魔的摧残，常常遭遇别人的嘲笑和异样的目光，没有和别的孩子一样拥有快乐的童年，轮椅成了他最亲密的伙伴。

他的父亲是乡村教师，母亲是家庭主妇，不识字。他没进过一天学堂，所有的知识除了父亲教他一些拼音汉字，还有简单的加减乘除法，完全靠自学。他的十根手指，只有一根能灵活运用，写字相当困难。别人几秒钟就写好的字，他要好久才能完成。

他性格外向，心地善良，每次交流，都感染着我们，忘记生活中的烦恼。命运多舛，他没有屈服，为了改变人生，自食其力，用一根手指敲打键盘，凭着不懈的努力，开始了文学创作，先后在报纸杂志刊登了好多作品，省、市领导多次到他家慰问，给予鼓励，成了当地的名人。

记得，第一次看到他的照片，是在一次他参加颁奖会的时候。他坐在轮椅上，身穿一件蓝色的外套，皮肤黑黝黝的，头有些歪着，手捧着证书、奖杯，脸上洋溢着灿烂的笑容。我不敢想象，就是这样一个身体残疾、依靠一根手指打字来完成一篇篇文字的人，能有如此顽强的意志力和乐观的精神状态。看着那张照片，他阳光般的笑容，给了我强烈的震撼。我想，一个身体残缺、内心强大的人，他的人生中所经历的所有困难一定是常人无法想象的。面对别人异样的目光和嘲讽，他一定也偷偷地流过眼泪，内心承受巨大的精神压力，可他把这些转化为动力，真的难得。

人生路上难免有风雨坎坷，能拥有一份阳光的心态，该是多么难能可贵啊！

　　其实，生活中，有多少人比他的条件优越，有多少人拥有比他强几倍、几十倍，甚至几百倍的生活条件，却身在福中不知福呢？有的人，在经历了小小的打击就整天消极、颓废，一蹶不振。对生活抱怨，怨天尤人，失去活着的信心和勇气，自暴自弃，让内心晦暗。他能够坚强地面对人生，我们这些身体健全的人，还有什么理由在困难面前退缩，抱怨呢？

　　他说，他最喜欢的季节，是春末和秋末，这个时节是他晒阳光最好的时间。他身体不好，长时间不活动，会诱发疾病，多晒晒阳光，会提高他身体的免疫力。是啊，阳光多美好，活着的每一天都充满阳光该有多好啊！

　　我曾无数次设想，在一个个阳光明媚的日子里，鬓角斑白的老母亲，脚步蹒跚的推着轮椅上的他，走出室外，坐在院子里晒太阳，呼吸新鲜的空气，那是一幅怎么样的画面？我想，他会微笑地和邻居打招呼、和母亲聊天，或者，用那根仅能活动的手指指着太阳，微笑着说，阳光真好，温暖真好，多一些阳光明媚的日子多好啊！

　　春暖花开，阳光正好，温暖着每一个角落，不再寒冷。原来，世界再大，不过是一院子阳光，只一眨眼，就照进每一个向往美好的人的心里……

2... 情趣，生活的底色

真正的生活是平淡的，甚至是枯燥乏味的。想要调剂，让生活更有滋味，就需要培养出一种情趣，给生活润色。

朋友有个嗜好，喜欢花花草草，养小动物。他家里阳台上摆满了花花草草，公司里养鱼，还养了十几条狗。

每次路过花鸟鱼市拉他都不走。花市里有啥好看的花，他第一个知道，毫不犹豫地买、买、买。每次去花市，只要他一露面，卖花的都热情似火地蜂拥而上，把他团团围住，大有不榨干他腰包不罢休的架势。他一离开，卖花人的脸上都能开出一朵朵灿烂的花来。更吓人的是，这位先生，富贵竹一次性买一百多棵，放在一个特大的蓝瓷盆里，摆在办公室的正门口，整天拿着喷壶，围着花转悠，修剪，浇水，脸上乐得开出一朵花儿。

他家里有两个鱼缸，里面都是鱼。他舍得买最贵的红头鹦鹉，用最好的活食来养。每次回老家都要我去给他照看，换水，喂鱼。不仅如此，公司里还定做了一个三米左右大的鱼缸，里面放一条价值不菲的金龙鱼，每天跟看眼珠子一样，闲着无事，就在鱼缸前转悠，跟守宝似的。

单位院子大，他突发奇想又养了十几条狗，各种品种的，每天食堂里剩下的饭菜，统统倒掉喂狗。我是胆子小的，这群狗，别说接近了，就是看着虎视眈眈的样子，都担心一进院子被撕了。

他爱养花、养草、养鱼、养狗几乎到了痴迷的地步。朋友聚在一起，只要提起，他开口就是这些养东西的乐趣，每天有说不完的兴奋事，脸上堆起笑容，那幸福劲儿别提了。

大家常常打趣他，干点啥不好，养那些东西多操心，又浪费时间精力，没意思。他却这样认为，你们不懂，这叫情趣。养花养草多好啊！美化环境，赏心悦目，净化空气，多美好的一件事儿啊！

你想想啊，当你用心去侍弄的花草，看着它一天天变化，长高；或者，突然某一天清晨起来，眼前一亮，它绿意蓬勃的枝头悄悄地打骨朵儿了；或者第二天起床，呀，看到它突然就开花了，你坐在沙发上，打开一本书翻看，满屋子的花香，多美好啊！

养鱼也不错啊，培养闲情逸致，看鱼在水里游得多自由啊，也是缓解压力的一种方式呢！养狗，有啥不好？你想想，你出门回来，推开家门，有一大群狗跑过来，跟你撒娇、摇尾巴，用牙齿撕扯你衣角，跟你亲昵，多好玩儿啊。

按照他的话来说，我们不懂，这是一种生活的情趣。细细回味，深有同感。他的话，似乎有一些哲理和趣味儿在其中。

生活压力的巨大，现实的疲惫，让好多人似乎除了拼命工作、努力赚钱，剩下的时间几乎都被压力占据着，把日子过得死气沉沉，生活少了趣味。有个朋友，特别喜欢钓鱼，一有时间，宁可不睡觉，也要约上几个朋友去垂钓。他经常把自己垂钓来的鱼拍照，放在空间里晒。我常常取笑他，钓鱼有啥好的，不当几顿饭吃，不顶多少喝的，卖了又赚钱没几个，累得头晕眼花，划不来，没事闲的。他发一个傲慢的表情回我，这叫乐趣，你不懂。

　　我想，钓鱼赋予他的乐趣我是不懂得的，就像他不懂得我为啥这样痴迷写文一样。唉，你不懂我，我不怪你。

　　生活处处充满着乐趣，并非没有色彩。比如，前几天，喜欢花花草草的婆婆，从楼下花匠那里，要来一株打蔫儿的花苗，不知道从哪里又搬来一个花盆，小心翼翼地载上，每天去浇水，天天跟看宝贝一样左看右看，满眼的喜欢。每次到阳台，我们都指手画脚地嚷嚷，"瞅瞅，那花都蔫巴成那样了，肯定活不了，扔了吧！"婆婆笑笑没吭声，每天照旧浇花，侍弄，一点儿也不灰心。

　　一天早晨，习惯性来到阳台，突然眼前一亮。被遗弃在角落里的那盆花，竟然枝头开满了粉红色的小花，满满的一大盆呢！粉嫩嫩的，带着水珠儿，迎着太阳，冲着我笑呢！我大声惊呼："呀！开花了，开花了，真好看！"

　　婆婆一辈子喜欢劳作，侍弄花草自然不费劲儿了。清晨的阳光下，婆婆拿着水壶，弯着腰给花浇水，头上的白发在阳光下闪亮。那一刻，我看到，粉红色的花儿绽放在枝头，冲着阳光怒放。原来，养一株花草，赏心悦目之余，也能让枯燥的生活多一丝情趣，激发生活中最原始，最真实的底色。

3... 做一朵无忧花

女孩子天生都喜欢花花草草的，不管何时何地，只要有花开的地方，都能放肆地惊呼啊，尖叫啊，甚至毫无顾忌地痴痴地笑。

小时候特爱花，不管是鲜花，还是塑料花，只要看到，就喜欢得不得了。过年的时候，姐姐都会在集市上扯几尺花花绿绿的绸子，回来裁剪好，缝成几朵大花，帮我梳上两条羊角辫子，把花扎在头顶。天哪，照着镜子，那感觉美极了。

冬天的时候，常常下雪，静静的冬夜里，室外大片大片雪花翩翩起舞，屋内温暖的火炕上，姐妹几个挤在一起，睡得香甜。那时候，雪下得可大了，一个晚上就能把整个世界盖上一床棉被。房前屋后，雪花飘过，就堆起了一个个大雪岗，清晨起来，推不开门的情况成了常事儿。那会儿，冬天里，我常常围巾手套都不戴，趿拉着鞋跑到屋外，蹲在地上，捧起大把的雪花儿扬向天空，撒欢儿地在院子里奔跑着，身后踩下一串串歪歪扭扭的脚印。

我是喜欢花的，不管是塑料花、雪花、冰花儿……都真真的喜欢呢。

夏天院子里的篱笆上爬满了爬山虎，紫色的小喇叭，可好看了。菜园里，粉红色的指甲花，揉搓碎了，擦在指甲上，染成粉红色。五个花瓣儿的扫帚梅花，大朵的绒布样的土豆花……天哪，太多好看的花了，把小院子塞得满满的，看着眼里，心里都跟着开花了。

又一个绚丽的春天来了，南方的大街小巷，数不清的花儿开满了枝头。丁香、白玉兰、茉莉、紫荆花、木棉花……说不上名字的花儿，团团簇簇开在枝头，数不清这多情的花儿，这光景又要写给春天多少封深情的情书了。写吧，写吧，不写就来不及了。春天的尾巴太短，别等落花满地了才懊悔自己当初的羞涩。

每一个女子都是爱花的，名字叫花儿的女孩子可多了呢？兰花、杏花、菊花……那么多好听的花名，好像一开口叫她们的名字，嘴边儿就有了香气儿，想到一个季节，或者想起一朵花儿灿烂的微笑。

　　我有一个网名叫"无忧花"的网友，乍一听，惊艳，诧异。"无忧花"三个字背后，到底是怎么样一个女子呢？三年前，我曾和她有过一次五分钟的通话，也是最后一次通话。

　　当时，她是在人生经历了一次变故后结识的我。她离婚了，原因是她不顾爱人的反对，先后收养了两个弃婴。为了养育这两个女婴，她放弃了自己做母亲的权力，却遭到所有人的反对。善良的她也曾试图把孩子送走，可当她看到两个孩子天真的笑脸，流着泪水紧紧抱住她的双腿，哭喊叫她妈妈，不让她扔下她们不管的时候，她的心被揉碎了。

　　一次次含泪送出去，又一次次满心欢喜抱回来，她的善良战胜了理性。她跟我哭着说，她舍不得孩子，那撕心裂肺的哭喊妈妈的声音，让人揪心地疼。就这样，爱人毅然决然离她而去，她的生活陷入了低谷，精神和情感遭到了重创，患上了严重的抑郁症。

　　她哭着说：她现在整晚整晚不能睡觉，身体到了极限，到了崩溃期，无数次想到了自杀，用死来结束身心的痛苦。看着两个可爱的女儿，她舍不得、放不下，不知道她狠心离开这个世界后，两个孩子如何生存。这是她给我打的第一个电话，也是最后一个。后来，她的空间再也没有动态，再也看不到她的任何足迹，彻底地消失了。

　　如今，她去了哪里？那个善良的女子，那个在爱情和人性在道德边缘徘徊的女子去了哪里？无数次梦里，耳边传来她哽咽的哭泣，她说，天堂真好，没有烦恼，没有疾病，到处都是鲜花，阳光好温暖，在那里她要做一朵金灿灿向日葵，迎着阳光雨露，开成一朵无忧花……

4...“黑豆”的故事

善良是天生的，跟后天发展没有任何关联。

2011 年，弟弟在广州的一座商场里开了一家店铺，批发男鞋，我和老公来帮忙。开了店铺，就难免接触一些供应商，阿川就是其中一个。

阿川是广西人，个子不高，皮肤黑黝黝的，一说一笑，眼珠子圆溜溜的，转个不停，大家给他起个外号叫“黑豆”。

黑豆带着老婆来广州，起初在鞋厂打工，后来，有了点积蓄后，和哥哥合伙开个一家一百多平方米的小工厂。当时，店里的货源和样板都是弟弟来跑，和阿川合作，起初我们都不同意，他没有实力，开发能力也不行，会影响供货的。

弟弟说，阿川虽然实力差点儿，但人比较老实听话，所以有什么好样板第一个想到和他合作。天长日久，合作也比较融洽，黑豆资金紧张，弟弟就预支货款给他。弟弟发火的时候，跟他吼，"黑豆"也是嘿嘿地笑着，从来不反驳争辩。

三年后，"黑豆"通过自己努力，赚钱换了一家大工厂，他哥哥却觉得合作赚钱利润薄，和他分开，各自开厂了。黑豆人善良，人缘好，生意自然就好。哥哥开厂没经验，没多久就关门大吉了，后来，又回到了黑豆的工厂做工。

有一年秋天，弟弟给了黑豆一组新款，让他开发做货，没想到，一下子爆单了，接到了几万对的订单。工厂太小，做不出货，只好四下找别的工厂帮忙加工，赶货期。

广州工厂多如牛毛，鞋子利润不高，赚钱不容易。黑豆眼睁睁地看着到手的钱被别人瓜分了，心里有些不情愿。于是，拿出全部积蓄，换了一家一千多平方米的工厂，养了一百多个工人，打算做大做强。

常言道：多大的场面，多大的开销，投资风险更是不能预测。结果，厂是开起来了，租金、人工开支、皮料、鞋底、材料都需要钱来支撑。

黑豆为了赶订单四下奔波的时候，出了大事。工厂里跟单的和外人串通，把他的新款式泄了密，用低于订单的价格把上万双鞋子订单转移到了其他工厂去加工。黑豆千辛万苦跑来了资金，购买了所有原材料，又赊欠了一些材料商，满心欢喜地准备加工的时候，却接到了大批量的退单。

黑豆傻眼了，订单没了，工人工资拖欠，材料商催款，一千多平方米的大工厂一夜之间搞成了空壳，欠下了几十万元外债。当时，正好店里有货要找黑豆加工，结果打电话没人接，发 QQ 不在线，去工厂找，却人去楼空，负债累累的黑豆突然失踪了。

黑豆的突然失踪，对我们的影响虽然不大，但也是给了弟弟一个教训，以后别没出货就给钱，被骗了还不知道。

黑豆的失踪，成了茶余饭后的笑料，卷款潜逃，还是回了老家，谁都不知道。说来也巧，弟弟去年到一家工厂谈生意，无意间在路上竟然碰到了失踪三年之久的黑豆。两个曾经的朋友见面后，尴尬感慨之余，更多的是惊喜吧！弟弟请客，请黑豆去了一家大排档喝酒。黑豆激动之余，哭了。他说，这几年他不是逃跑了，是因为开工厂资金周转不灵，被高利贷给告了，做了三年牢。还好，出了监狱，老婆孩子还在等他，一切又要从头再来了。

黑豆哭诉说，他从出了监狱后，亲戚朋友都躲着他，跟哥哥借一千块钱都不行，品尝到了人情冷暖。为了生存，把女儿扔在老家，他和老婆带着不足两岁的儿子在工厂打工，那天是几个月来第一次喝啤酒。工厂不能再开了，自己浑身上下不足三千块钱，要租房，养两个孩子，还要还欠亲戚朋友的债。

弟弟告诉黑豆，再开一家工厂吧，钱不用愁，我来出资。听了弟弟的话，黑豆，感动地哭了，像个孩子。

春节前，弟弟帮黑豆找到了一家小工厂，能住人，又能生产。还交了租金、水电费，又给黑豆提供样板，预支了几万块钱买材料。现在，"黑豆"的小工厂开起来了，每天做货忙不过来，脸上有了笑容，眼珠子又转了起来。

　　黑豆能得到弟弟的又一次支持，不仅仅是他听话、老实，更多的是弟弟内心的博爱和善良，让黑豆重新鼓起了生活的勇气。

5... 低低头

堂哥脾气耿直，倔强了半辈子，他认准的事情，雷打不动，八头牛拉不回来。早些年，他是生产队长，管着全队几百号人，可就是斗大的字不识一箩筐，没文化。

农村生产队忙的时候，堂哥又当队长，家里又开着一家米面加工厂。打米面的活儿又脏又累，他哪里愿意干啊，就光动嘴，把打米面的活儿都交给了堂嫂。堂嫂干活儿慢，堂哥性子急，看堂嫂干活儿慢了，三句话不到，脾气上来，扯着头发就打。有时候堂哥喝醉了酒，在外面不痛快了，就回家拿堂嫂出气。

小时候，经常看到堂哥打堂嫂，跟看武侠片似的。儿子看到爸爸打妈妈，撒腿就跑，去搬救兵，女儿看到妈妈挨打，躲在门后哇哇大哭，鼻涕眼泪流一衣襟儿。

　　每次挨打，堂嫂都哭得梨花带雨，言不得语不得的。那时候，还不懂事儿，看堂哥打堂嫂，吓得直哭，一边哭一边嚷嚷，你个窝囊废，你咋不拿剪子扎他？你咋不拿铁锹拍他？堂嫂呜呜呜哭着，鼻涕都冒出泡来，"我不敢，扎坏了咋整？还得看病，还得我伺候，我舍不得……"那你就摔东西，怎么也不能委屈自己啊。摔啥啊，我可不摔，摔坏了还得花钱买，多败家啊！堂嫂哭着，撩起衣襟儿抹眼泪。

　　年幼无知的孩童，不知生活的滋味儿。起初觉得堂嫂委屈、可怜，气堂哥的大男人主义。每次来帮堂嫂出气的都是父亲，他进门二话不说，就给堂哥两巴掌，然后，指着堂哥的鼻子臭骂一顿。堂哥也不生气，嬉皮笑脸地摸着脑袋瓜儿，就是不给堂嫂低头认错。

　　我心里搞不懂，明明堂哥错了，怎么那么不讲道理，还打人？其实，那个时候，在农村，男人打老婆是家常便饭，伸手就来，两口子打架成了家常便饭，要是谁家男人哄孩子、抱柴禾、喂猪打狗，人家就笑话"妻管炎"，家庭暴力在乡下人眼里，根本没人管。

乡下的女人，也经打，皮实，从来不还嘴，也不还手。她们知道，你还手他打得更凶，不如让他打够了、打累了，也就算熄灭了一场战火。

大人打架，孩子也是害怕的。一看到情况不妙，不是躲起来，就是撒腿就跑，满屯子哭喊着找人劝架。唉，也别说乡下女人的肚量多大了，上一分钟还烽烟四起呢，下一分钟战争结束，男人和女人分开后，该干嘛干嘛，跟没事儿人一样。小时候，不懂得，为啥女人挨打不还手，宁可忍住眼泪，也要默默受着委屈。

后来，跟堂嫂唠家常，说起以前的事儿，问她，为啥当时那么傻，一次都不敢还手，咋不跟他离婚？堂嫂苦笑着，离婚？那孩子咋办？再说，两口子过日子哪里有锅不碰勺子的，总得有一个人要低头，要一块儿过日子，低低头就过去了呗！

堂嫂的"低低头"，一低就是四十多年。四十多年来堂哥一次都没有给她认过错，倒是老了，打不动了，孩子不在身边，老两口还是常拌嘴，可堂嫂觉得日子过得还挺有滋味儿。

堂嫂的经历，成了那个年代农村女人的范本，打不还手，骂不还口。老爷们儿泄完了气，女人拍拍屁股起来，眼泪擦干后，该干嘛干嘛，把委屈憋在心里。

随着年龄的增长，走进社会，才慢慢发现，明白，现实生活中不仅仅是夫妻间的相处，需要适当的低头，人与人之间的相处，也都需要适当的低头。

抬头是一种优雅，可以让人高高在上，傲视一切；低头是一种姿态，能让人与人相处更融洽和谐。其实，在发生问题或矛盾的两者，或者多方，胜利的不一定是赢家，懂得退步的不一定是弱者和傻子。我认为，懂得退步的人，才是生活中的智者，他们知道生活的不容易，低头不仅仅是给对方尊重，也是做人最大的宽容。

6... 孤独，生命的底色

有朋友问我，什么是孤独？我答，孤独是一个人在宁静的世界里独坐，是一个人灵魂在照见另一个自己，影子和影子的对话。孤独，无处不在，却又无处可寻。

孤独，成了时下时尚的字眼。不管你居住多大的房子，拥有多少财富，多么的优秀，你都摆脱不掉，甩不开。

前几天，有位女友找我谈心，说她感觉很孤独。听了她的话，我禁不住笑出了声。"你呀，身在福中不知福，老公赚钱养你，你不用上班，每天逛街、购物、上网、泡美容院，住两百平方米的大房子，你还孤独？真是笑话。"

她叹了口气，冲着我摇了摇头。"唉，你不懂得我。你知道，我每天是在享受生活，衣食无忧，可你知道吗，那只是表面。当你每天一个人回家，面对空荡荡的大房子，说话都没有人答应，只有回音，没有烟火味儿，没有家的温馨，一个人守着空房子的孤独，你根本不懂。"听了她的话，我陷入了沉思，对于一个身体健康、思维健全的人来说，有声世界里的孤独，都是那样的煎熬，那么，那些身体缺陷，在无声世界的人们又该是怎样的孤独呢？

有这样一对姐妹，姐姐先天性聋哑，妹妹却很健康。姐姐的特殊原因，从小家人就很照顾她，幼小的妹妹也很懂事。为了让姐姐上学，比姐姐小三岁的妹妹陪着她去学校，一起学习。年幼的妹妹，需要把老师讲的知识听懂，在转化成肢体语言来传达给姐姐，对于几岁的孩子来说，的确很难。妹妹说，数学还好，可以用生活中的日常用品来示范，语文难度太大，她根本表达不清楚，好多时候她比画半天，急得直哭，姐姐却还是不懂。两个月后，学校辞退了姐妹俩，不让她们上学了。

父母不甘心，又把姐妹俩送进了特教学校。这是一所专门为聋哑人开办的学校，妹妹就这样十几年如一日陪着姐姐上学，付出的辛苦可想而知。妹妹说，她之所以要照顾姐姐，是觉得姐姐太可怜了。记得，有一次，姐姐当着全家人的面，打手势要一件东西，一家人猜测了半天都没明白。她要一个长度大约三十厘米的东西，却形容不出来具体样子。母亲、父亲、妹妹都看不懂她的意思，就把家里类似长度的东西都翻出来，摆在她眼前，让她自己选。结果，姐姐急得直哭，一个劲儿地摇头。最后，她哭着跑出了屋子，在院子里的树上折了一根树枝，大约和她比画的一样长，之后，放在了本子上，看着满脸泪痕的姐姐，全家人才恍然大悟。她只需要一把尺子，却没有人懂得她的需要，可想，她内心的孤独和痛苦有多深。

我想，多数人的孤独，是渴望有人懂得，不管有声世界，还是无声世界，都如此吧！

伟大的音乐家贝多芬双耳失去听觉，致使他的一生都是在孤独中度过的。他在日记中说："我的生活中没有一个朋友，唯一的朋友就是孤独；在现实生活中，我没有伴侣，我的伴侣就是无边无际的痛苦。"他在给牧师阿门达的信中写道，"我亲爱的，我善良的阿门达……我多么希望你能常在我身边！你的贝多芬真的是可怜至极。我失去了我最高贵的一部分——我的听觉。"可见，在贝多芬眼里和心里，有声世界该有多么的美好啊！他惧怕孤独，而排解孤独的最直接的方法，就是音乐。当他失去听觉，已经无法再创造音乐的时候，他的孤独和痛苦是一种无形的压力，将他抛弃在冰冷的无声世界里，陷入了无尽的黑暗之中。

其实，女友的孤独，是一种现实中无法排解的情绪。表面上看来，她享受到优越的生活，就可以逃避孤独，事实却并非如此。爱人可以供养你，但他只有两只手、一个身体，他去创业，就不能天天陪你；他去应酬，就不可能按时回家。对于她来说，给自己找些事情做，多培养些情趣，比如养些花花草草，或者多出去走走，亲近山水，亲近自然，寻求一种寄托，摆脱孤独。

姐姐无声世界里的孤独，是无法用语言来形容的。她是不幸的，却是幸运的，有那么好的一个妹妹陪伴她，走过漫长的人生旅途，懂得她的需要，照顾她，用亲情温暖她冰冷的世界，我想，姐姐的孤独，是苦涩且温暖的。

相反，贝多芬的孤独是凄美的，是具有爆发力的。在无声世界里，他依旧不肯放弃梦想，不肯放弃音乐的创造，造就了他辉煌的一生，且留下不朽的篇章。

最后，我给孤独下了一个定义吧！

　　孤独者的孤独，有着别样的美；寂寞者的寂寞，有着不可言状的空灵。孤独，是生活的底色，长度是生命的起点到终点。它在一个个安静，抑或躁动的灵魂里安放，安静的孤独能照见一个人心底的纯美，躁动的孤独是无法走出心灵的禁锢。

　　孤独的底色，取材于生活，且来源于生活。

7... 舞动生命的青藤

　　小区的后门，有两个花圃，常年卖花，每次经过都要瞄上几眼。花圃靠江边，种花的人家就搭建了一个简易的房子，长年住在那里，过往的顾客随时可以去买花。

　　花圃的外围，拉起了一大片钢丝网，上面挂着黑色的遮阳布，围成一个院子。朝着公路的一面，是一大片高大的青藤架。一条条青翠的枝蔓相互缠绕着，向上攀爬，开满了粉红色、淡紫色的喇叭花，架起一个心字形的花藤。每当微风吹过，就能闻到淡淡的花香。

　　南方四季如春，青藤不同于其他开花的植物，四季常青，而绿色的枝叶缠绕在一起，自由地生长。顽强的生命力，更惹人喜爱。

常青藤自由地生长着，无数条枝蔓缠绕在一起，依附在墙壁上，盘踞着高大的树干，只要有风雨、有阳光在，它就会绿色盎然，蓬勃在岁月的枝头。

南方的四季里，随处可见常青藤，立交桥下、乡野的小院、天台的楼顶都能看到它的影子，永远那么绿，永远那么执着地向上攀爬着，深沉含蓄，不张扬，真好。

我是那样的喜欢绿色，特别对藤蔓情有独钟。偶然，一个清晨起来，推开阳台门，眼前一亮，大声惊呼起来。喜爱劳作的婆婆，闲暇时，在阳台上的花盆里，种下了几粒倭瓜和豆角种子，家里人只要谁进阳台，都会拿起喷壶给它浇水。没想到的是，几天工夫，小苗拱出了土，再几天不见，几棵秧苗偷偷伸出了藤蔓，豆角也爬上了架，小小的天地里，生机勃勃，一片绿油油的景象。

婆婆说，种下的种子，就是一个心气儿，也是念想。不管这几棵秧苗能不能开花结果，只要看着它活着就挺好。

是啊，生活真好，活着真好。

　　面对年过七旬的婆婆，内心竟然涌动着一股暖流。婆婆一生中经历了人生无数次大起大落，悲欢离合，却一直保持着积极乐观的生活状态。眼前的老人，斑驳的白发是年轮的印记，脸上爬满的皱纹是生活赋予的沧桑，微微驼起的脊背，不管面对多少困难脸上却始终洋溢着和蔼的笑容。从不轻言放弃的精神状态，令我折服。

　　然而，和青藤相比，和婆婆相比，生活到底教会了我们什么？

　　有的人，面对命运多舛，经历了无数次打击，却一直用微笑面对生活，不放弃，不退缩，展示着阳光的心态，和青藤极其相似，值得我们学习。有的人，遇到困难就自暴自弃，怨天尤人，内心充满阴霾，如何和青藤相媲美呢！

　　人们说，青藤的花语，是忠诚，坚韧不拔，永远不会背叛，不论是爱情，还是友情。多么纯洁的信仰，多么高贵的品格，而现实中的我们，又有多少人能做到呢！

　　做一株常青藤，在每一个朝阳升起的清晨，迎着阳光，扬起笑脸，迎接新生活的开始，坚信美好的心态总能遇见美好的事物。比如，今天清晨起床，习惯性地打开微信，家族群里，传来了一个喜讯，令我欣喜若狂。侄女十月怀胎，于昨天产下了一个儿子。视频中，小家伙白白胖胖的小脸，半睁着眼睛，小手塞进嘴里，吸吮着，可爱极了。

阳光真美好啊，瞧，又一个新生命来到了这个世界，大自然的万物也在生生不息中充满了盎然生机。阳台里，几株绿色的植物迎着阳光，舒展着叶片，向上攀爬。我想，花圃外，那架有着无限生命力的青藤，也一定迎着朝阳，含着露珠，舞动生命的乐章……

8... 晒晒我的幸福

　　青春的脚步已经走远，枝头的鲜花却依旧鲜艳，生活的步伐虽然是平添了负累，可心里的触动依旧很真。

　　日暮西沉，伴随着下班的人流，匆匆的脚步穿过一条条斑马线，奔向家的方向。一抹夕阳折射出浅黄色的光晕挂在天边，天渐渐黯然了。华灯初上，又是灯火阑珊时，穿行在如潮水的人海里，那样地渺小，那样地平常。美丽的城市街景，绿色依然，处处都是盎然的生机，心底涌动着暖流。入冬了，也不是很寒冷，枝头绽放的花朵依然娇媚。

　　总以为生活的压力像十字架一样压在自己的心上，怎么也不放松，每天都疲惫不堪，没有太多的热情，更别说浪漫了。许是人老了，就没了奔头了吧！

走进了小区，一路上的花花草草争相开放，树木苍翠，依旧枝繁叶茂。天渐渐黑了，小区里早已灯火通明，这个小世界里面好热闹，只是我没有时间欣赏它吧！玩着轮滑、骑着自行车的孩子欢快地打闹着，叽叽喳喳的吵闹声，天真的模样，真的好可爱。晚餐过后，老人们坐在长椅上拉家常，感受着冬的微凉，一对情侣相拥走在前面，亲密地交谈着，穿行在广场舞的人潮中，充满了活力。看在眼里，那种压抑已久的疲倦得到了释放，感觉到了轻松，她们的生活多姿多彩又充实，让人羡慕，我却没有如此的闲暇。

穿过人流，走进了家门。匆匆进入电梯，看着跳动的字幕闪烁，那承载了生命的工具，时升时落，和人一样也肩负着那么多的责任，那么多不可承受的生命之重。

电梯停留了在二十五层，那里有我的家、我的希望。深吸了一口气，给自己一个笑脸，要开心，不要把郁闷和落寞带回我温暖的巢穴。

"妈妈，生日快乐。"走出电梯的那一瞬间，一个稚嫩的童音传进我的耳畔。原来是儿子在等我回家，给了我一个大惊喜。儿子稚嫩的声音，最真心的祝福，触动了我疲惫的神经，泪顷刻涌出，激动万分。轻轻地俯下身，动情地亲吻他的小脸，泪无法克制，谢谢儿子，送给我的祝福。

走进家门，心绪万千，客厅里的餐桌上摆满着丰盛的饭菜，厨房里是老公忙碌的身影。婆婆拖着伤腿，屋里屋外地帮忙。看在眼里，疼在心上，泪水无法克制。

"洗洗手，吃饭吧！"厨房里传来老公憨厚的男中音。洗手间里，我无法克制自己的感动，任泪水肆意地奔流，无法控制。老公还记得我的生日，只有他才是我最终的依靠，陪我走过幸福的人生。平凡的人生，没有芳香的玫瑰花，没有甜言蜜语，只有默默陪伴。应该明了，爱要默默地付出，无须发表。

夜静静地恢复了平静，结束了为家务奔忙的脚步，回归自己的世界，平复了我激动的心绪。看着熟睡的老公和可爱的儿子，溢满了知足。轻轻为老公盖上被子，俯身吻一下儿子稚嫩的小脸，悄悄关上了门，微笑着退出了卧室，幸福在静夜里流淌……

　　驻足于窗前，望着这个温暖的小屋，内心溢满了感动。回首匆匆走过的人生之路，那样的难忘，那样的清晰，童年的一幕幕往事涌上心头。那些儿时的伙伴，今在何方？儿时的欢声笑语依旧在眼前浮现，却那样遥远。

　　善良淳朴的乡亲们你们好吗？兄弟姐妹你们的日子好吗？分别两年了，匆匆的脚步留下时间的印记，临别的泪水，深深的牵挂，时刻让温暖着我的心。感谢今生有你们的呵护，感谢上天让我们今生做亲人，盼望你们岁岁平安，是我最大的心愿。

　　如今的我，不再是那个梳着羊角辫子、爱哭鼻子的小丫头，光阴的追赶让我已经长大。钟爱文字，把它当成心灵的寄托，找到了可以倾诉的港湾。每一个无眠的夜晚，都会用寥寥的文字来记载我的生活、记载我身边的事。

　　写作之旅，漫长又苦涩，它不仅仅展示了自我，也收获了纯洁的友情。文友的留言与挽留，一度让我泪流满面，激动的心情无以言表，只有深深的感谢。

　　结缘文字，重新拾起儿时的梦想，让我的人生又一次蜕变。

我想，每个人心中都有梦想，想实现它，就要坚定自己的信念，不放弃，不退缩，执着地坚守内心的堡垒，才能迈上新阶梯。

朋友，是你们的支持与鼓励，让我更加感到了生活给予我的不仅仅是平淡的人生，简单的拥有，还有更可贵的东西，就是友谊的纯净。虽素不谋面，天各一方，但我们是用一份真挚的情感在这里相聚、相识，并相知，这是一笔最大的财富。

沉寂的夜，浩瀚的星空闪烁在美丽的南国之夜。深邃的夜空，蕴藏着我无限的向往，寄托我深深的情感，并遥寄祝福，剪下时光的碎片，把美好的瞬间留住，在微寒的冬夜，披一件满载温情的薄衣，再次给予自己心灵的慰藉，祝自己生日快乐。但愿，走过今夜的寒冷，让温暖在心间流淌，以一个崭新的自己去迎接明天灿烂的阳光，也晒晒我所拥有的诸多幸福……

9... 缺憾，是一种美

生命里所有的缺陷，都是对不完美的人生的一种成全。写下这段话的时候，内心突然释然。

安妮宝贝说：幸福始终充满着缺陷。世人渴望完美无缺的人生，希冀在短暂的时光里，尽量过得完美舒心，才不枉这一生。然而，人生就是如此，越是希冀美好，越是将期望值扩大，才让残缺凸显。生活中，我们常常听到人们抱怨生活的艰难和不幸、命运的不公平，常常站在烦恼中仰望他人的幸福，将幸福的缺憾逐渐扩大。

好友梅是个全职妈妈，丈夫开了一家私人工厂，每天忙碌着赚钱、奔波，几乎一个月不能见到一次面，一见面就不停地争吵，把婚姻搅得一团糟。

　　每次见面她都跟我抱怨，丈夫的不关心让自己过得不幸福。于是，为了填补情感的空虚，满足精神上的缺憾，她不停地网购，逛街的时候疯狂地消费，来发泄内心的情绪。她在物质上得到了满足，可心理上越来越失衡。英国历史学家托·富勒说：富人的缺陷中填的是钱。有了物质的填充，才把缺陷缩小，让它成为一种生活的常态。

　　从某种程度来说，缺陷，是一种美。我们看到断臂的维纳斯，却以缺憾美著称而生活中更有很多有身体缺陷，但人格高尚的人，远远比那些身体健全的人道德修养要高得多。

　　写作几年来，在网络中结识了好多身残志坚的文友，他们虽身体有缺陷，精神状态却乐观积极，与苦难和疾病做着斗争，从来不曾放弃对美好生活的热爱。

　　我想，命运多舛的人生际遇之所以让他们不退缩、不低头，更多的原因是坚强的意志，还有追逐梦想的执着，支撑着他们走下去的动力。

　　梦想是完美的，现实是残酷的，让无数人在取舍间徘徊，在残缺与完美中纠结矛盾。残缺与完美，如同一对孪生兄弟相互矛盾，又难舍难分。世界上任何事物不存在完美无缺，正是有了对完美的期待，才让生活多姿多彩，人生有滋有味……

10... 优雅的女子

毕淑敏说：优雅的心，不必华丽，但必须坚固。

"优雅"两个字，从容，淡定，渗透出极致的宁静。优雅，似乎是形容一个女人自身素养、诠释完美内涵的最佳词语和褒奖。

没人能给优雅下一个定义，它却让无数女人追求不止，用一生时间去学习。优雅的女人具备知性的心智、感性的情怀、理性的头脑，举手投足，得体而不失风度；一言一行，一颦一笑，都散发着无穷的人格魅力。

女人的优雅，不是衣着的华丽，不是珠光宝气的装饰，更不是模仿和跟风的造作。它是一种发自灵魂深处的美，淡淡的、幽幽的、纯净的、自然的，不带任何杂质的从容不迫、荣辱不惊。

珠光宝气的服饰，浓墨重彩的化妆品下面，打扮得体的女人是优雅的，过度渲染的女人是媚俗的，只有物质上的优越，而失去了内在的典雅。

优雅的女人是识大体的，不会在公共场合大声喧哗，不会在人前搔首弄姿、献媚低俗地寻求关注。她会静静地聆听，微笑着点头，从不俗不可耐地指责和谩骂，有着真实感和亲和力。

优雅的女人是成熟大方的，更是简约纯粹的，她们的身上散发着一种魅力，清新自然，洁身自爱。

优雅的女人是理性的，更是感性的。她们心地善良，性格温和，待人接物从不自私自利，凡事站在别人的角度看问题。她们可以坦然接受别人的批评、建议和误解，从不计较个人得失。

优雅的女子，永远有一颗柔软的心和浪漫的情怀。为一朵花儿的凋零而落泪，为一株草的枯萎而伤怀，为生命里遇见的所有缘分而付出热情，执着守候，默默珍惜。她会因一句温暖的问候而感动得落泪，不管是到了什么年龄，内心都会常常隐藏着小女生的淡淡情怀，天真可爱，楚楚动人。

优雅的女人是永远是自信的。她可以不施脂粉，无须浓妆艳抹，素面朝天地上街，有一份属于自己的事业，烧一手好菜，读一些好书，结交一群志同道合的朋友，对生活从不抱怨。失意时，不落寞；得意时，不张狂，从容淡定，笑颜如花，内心充满了阳光，浑身散发着满满的正能量，时刻感染着身边的每一个人。

优雅的女子，是充满诗意的。她们是一朵朵娇艳的鲜花，开放在岁月的枝头，在光阴的流逝中，打磨心智，沉淀思想，用智慧的头脑、纯净的情怀，为自己铸造一个坚固的心灵城堡，不媚俗，不放纵，不张扬，不浮夸，拥有一份淡雅的情怀，踏着坚定的脚步，蹚过漫漫的岁月长河，如一朵芬芳四溢的向阳花……

人生与爱情

第四卷

1... 人生与爱情

人生就像一场漫长的旅途，既短暂，又漫长。

人与人能够遇见就是缘分。虽然偶遇，也许陌生，但缘本是天定，分就需要人为了。茫茫人海相遇、相知、相爱、相守一生，这就是平常人的生活。一生之中我们可以有无数次的偶遇，也许一次偶遇就注定终生可以结伴，也许从陌生变熟悉，注定一段缘分的永恒。

爱情就像握在手里的细沙，既要握紧又要用心。握紧了会把心拉近，握松了会把距离拉得更远。手里握住的不仅是沙，还有幸福的密码，总要自己解答。

我们说爱情难以捉摸，但可以把冰冷的心融化，当我们面对它时却往往乱了分寸。纵观尘世，我们都曾经被感情困扰，或许幸福，或许伤感。当我们用心去爱时，也许收获的不尽如人意，被伤得遍体鳞伤，痛得无法安睡，可当我们鼓起勇气放手时又有那么多的不舍，欲罢不能。人是高级的感性动物，我们有思维、有头脑、有更深层次的情感。

爱情没有贵贱之分，完全在于彼此的欣赏，如果爱情要用金钱和利益衡量就失去了味道和最初的纯洁。

爱情没有距离的远近，完全是心有灵犀的感受，它可以把两颗心紧紧地相连。爱情恰似一首圆舞曲，优美动听，可当旋律失去了和谐，没有了身心的享受，就会身心俱疲，伤害彼此的内心。

裴多菲说过，"生命诚可贵，爱情价更高若为自由故，两者皆可抛"。

生命可贵，一生仅有一次，可爱情则是人生的主题，它不可以亵渎，不可以玩弄，不可以出卖。它是神圣的，纯洁的，美丽的，不可侵犯的。幸福的爱情人人希望拥有，它可以使人的身心感到愉悦、整个生命感到精彩，所以拥有一个幸福的爱情和家庭很重要。

当我们面临不幸的爱情时，身心和灵魂都感到负累时，甚至对爱情绝望恐惧，对生活失去信心，不报以对生活的期望，弄得伤痕累累，痛不欲生。我们会怎样呢？是放手，还是珍惜，相信大家也很难抉择。

青春时的爱情是青涩的、懵懂的，确是浪漫的，是人人追求向往的。青春的季节只有一次，珍贵而又难得，对待爱情的角度也不同。想象的爱情唯美，春花秋月；海枯石烂的誓言，可是有时因为世事的改变还会给爱以缺憾。

成年后的爱情是完美的。它有自己的理智和思维，懂得怎样去取舍，浪漫又不乏长情，珍惜又不缺少责任，爱情的过程是很陶醉的，但激情过后，就回归平淡的家庭生活之中。

有人说，婚姻是爱情的坟墓，明明知道还要跳进去。婚姻是一座围城，在里面的人要拼命地走出去，在外面的人却一个劲儿地敲门，如此形容婚姻和爱情我认为也未尝不可。爱情的意义与力量无法估量，人们会为它冲破无数的艰难险阻，可以为之痛不欲生，可见人生之中爱情是不可缺少的重要元素，就像河没有水、树没有叶子一样。

老年人的爱情是一种情感的依赖。它的需求不只是一个爱人，更多的是一个可以相伴终老的人，郁闷时可以互相倾诉的对象，可以互相照顾的亲人。

爱情就像穿在脚上的鞋，只有自己知道合不合脚，只有自己知道不合脚的难受。相伴一生的爱情总会有诸多的不足，且无处不在，想要完美就要学会宽容、忍让、谅解，努力地珍惜属于我们的一切。

人生苦短，前路漫长，正确的选择须适度把握分寸。朋友们，无论生活给予我们多少的痛苦，都要面对。也许在哭过笑过之后，我们会发现人生不仅是伤感的，它还蕴藏着别样的风景。

2... 不要等爱苍白

人生有很多的情或爱，在维护和把握的同时，更多的是感慨和无奈。每个人对情和爱的理解不同，对情和爱的看法不同，所处环境、空间、位置不同，要求也自然会不同。

拥有和失去像孪生兄弟，永远不离不弃地一起前行。面对现实的生活，我们在爱与被爱时是否珍惜、是否坦诚、是否认真地对待过，选择尤为重要。

尘世间谁与谁相爱，谁与谁携手白头到老，都是宿命的安排。爱并非完美无缺，它的另一面注定是缺憾。相爱中的双方，一旦走进婚姻生活，就会徘徊在爱与不爱的取舍之间。

缥缈的尘世间不是一个爱字可以诠释的，浮沉的人海谁可以今生相伴，我们的快乐谁可以分享，我们的郁闷谁可以分担？

平静的生活之中，爱更需要的是营养、空间，保鲜、持久。

当我们的爱在风花雪月，你侬我侬。缠绵甜蜜的激情过后，维持在回归平淡的生活中时，更多的则需要维护、关心、珍惜。

生活无非是柴米油盐，人世间没有浪漫一生的爱情，也没有开心一生的日子，都需要经营。

知足的爱，才会持久；执着的爱，才能守恒；崇尚金钱与物质的爱，会无力和苍白，爱势必走到尽头。婚姻中的双方，需要互相搀扶，彼此包容，及时调整各自的位置，要适当缓解生活的压力，学会互相欣赏。

都市生活节奏加快，让我们的心理压力加大，不可避免地矛盾也会加深。在这个时代，我们最要紧的是要减压，缓解，有效地沟通。现实中有很多夫妻，他们曾经深爱过，彼此也拥有最美好的回忆，但是为什么会越来越觉得生活没了滋味、内心没了温度，回到家里各忙各的，从不聊天，也从不倾诉各自的不快和郁闷呢？

爱回归平淡，失去了新鲜感，双方惰性依赖，不去调节、沟通，爱会越来越黯淡，心里疲倦。每天回到家里，男人看电视、玩电脑，女人看孩子、料理家务。平常不过的生活，让激情褪去。

曾看过一档节目，叫《幸福秀》，那里面担任情感调节的专家，说过一个故事，至今还记忆犹新。他说：有两家住邻居，一家呢，买了一架手风琴，一家没有买。结果买手风琴的一家开心幸福地生活着，另一家却夫妻离婚，散了。我开始茫然不解，不就是一架手风琴吗？能有如此的功效，可是后来我理解了其中的含义。原来买了手风琴的一家，每到黄昏时，丈夫就会拉动手风琴，孩子唱歌，跳起欢快的舞蹈，妻子一边听着音乐，一边做家务，整个家里弥漫着快乐和幸福。没有买手风琴的一家，丈夫自顾自地抽烟、看电视，孩子的哭声全然不理，妻子的忙碌充耳不闻，一副置身事外的姿态。长久过后，渐渐地夫妻间没了默契、少了沟通，父子间没有了天伦之乐，生活在死气沉沉的氛围中，最终走到了婚姻的尽头。

这个故事不是告诉我们必须买手风琴，只是提示我们婚姻该如何维护和沟通、理解的重要性。走进婚姻的双方，不要把压力和情绪带到家庭的氛围里，爱需要呼吸，爱需要营养，爱也要一个相对轻松的空间。

生活中为什么会有白首到老的夫妻，幸福到老。与其让我们羡慕他们，不如用行动来挽救婚姻。我相信，他们不可能一生没有过争吵、一生没有过摩擦，不拌嘴的夫妻不会存在，那是脱离现实的。

回望我们的人生之路，也许平坦，也许坎坷，也许富足，也许平凡，请在拥有的时候，拉紧双手，不要放手。做一个负责任的人，要珍惜身边的拥有，不要等爱没有了生机再无力地挽留；不要在心疲惫时，没有一个地方可以驻留，悔不当初，等爱苍白再唏嘘感慨。

3... 异性友谊的最高境界

上帝造人，无非男女。因为有了性别上的差异，便由这男男女女组成了花花世界，让生活色彩纷呈。某种意义上讲，人与人之间交流最直接的方式就是情感，那么，男女之间的情感又如何将生活演绎呢！今天，我们就说说男女之间的那点事儿。

每个人在生命的伊始，都是一个孤单的个体。从咿呀学语，到蹒跚学步，从幼年、少年到青年，乃至中年和暮年都要经历一个由成长到衰老的漫长过程。这个过程，如同在散步，也会遇到这样和那样的人和事物。在短暂的生命中，我们遇到的每一个人除了性别区分之外，都需要一个从陌生到熟悉的过程来增进了解，给生命融入活力，得到成长的磨炼，陪伴孤独的旅途。很多时候，男人和女人之间的感情是从友谊开始起步的，最终发展的方向却有一种不确定性。

从友情升华到爱情需要一定的基础和距离。人是具备思维和感情的高级动物，在情感微妙的变化中，从彼此陌生的关系走进彼此的内心世界，需要一段距离和妥善的处理，才能达到尽善尽美。普通朋友之间的感情和维系比爱情要简单些，要纯粹些。

一般意义上讲，男女朋友之间相处，是一种物理的元素，比爱情更理智些，没有那么多的约束性和要求对方的形态。友情维护最长久，它的时间可以一生一世，不会改变，而爱情的维护却如同在感情接力赛中赛跑，并随时可以被淘汰出局，或受到随时可能发生的伤害和别离。

人们说，性格相近的人，只适合做朋友，而性格差异较大的才适合做夫妻，乃至谈爱情。种种的情感试验中，让我们看到，相同兴趣习惯的人可以在一起愉快地玩耍，却不能升华为爱情，因为他们有相同的爱好，就会有相同的个性和习惯，或者脾气。倘若一旦遇到彼此都不愿意做或者不愿意接受的事情之后，必坚持己见，不肯妥协让步，就会让情感出现危机，大打折扣。然而，爱情中的双方，一旦升华为爱慕，就会出现这样和那样的约束力。为了爱，一方失去理智，甘愿付出，都是必然。然而，在一份情感的长久维护中，该有更多的包容在其中，所以在爱情和婚姻家庭的维护中，能包容和理解，才是情感最好的归宿。

知己的魅力在于彼此把握相处的尺度。在传统的观念中，男女之间是不存在纯净的友情的。一旦双方刻意走近，就会掺杂暧昧的成分，或者说偏向于给彼此的情感制造出潜在的危机。很多时候，现实社会的残酷，生活压力的不得已，让很多渴望温暖的人们身不由己，唏嘘感叹。

物质基础匮乏，情感需求增大，婚姻家庭的烦琐，让多数人情感趋向于冷漠的状态，在迷茫和纠结中不断地变化着形态。人们向往那种不掺杂暧昧、没有任何欲望和索求的情感，于是，就出现了红颜知己、蓝颜知己的称谓。这种情感被人们欣赏，将其定位于介于爱情和友情之间最神圣、最纯净、最值得拥有的一种情感，倘若不能把握和处理好，也是徘徊在友情和爱情的边缘上最危险的情感毒药。

蓝颜与红颜，虽有暧昧的成分掺杂，却不涉入彼此的生活世界。他们相互懂得，相互包容，不惊不扰，不奢求对方的给予，远远观望，能在孤独寂寞中相互陪伴，成了情感道路上一抹最亮丽的风景线。情感的本身不能掺杂太多的欲望。生活中，我们时常能看到很多男女从普通朋友的关系发展成为恋人，而又因为彼此之间的情感需求，或者环境、时间、地点的改变而变成了最熟悉的陌生人，让曾经拉近的距离变远，给彼此的精神世界留下了不堪回首的伤痕。其实，情感的本身就是一种化学反应，没有一成不变的事物，又哪里来的事事如愿的感情。

扭曲的道德伦理观念是男女间难以自控的最大杀手。由激情引发的爱情短暂缺乏生命力的持久，并害人害己。现实生活的压力、生活的琐碎、让很多人对感情盲目，甚至麻木，更让精神世界一度空虚。人们向往最奢华的生活，崇尚最完美的外在装裱，忽视了精神世界的纯净。

于是，很多人为了能得到物质与精神的双丰收，不惜出卖肉体和灵魂，为了满足心理乃至生理上的需求和欲望，为了发泄内心的压抑和对生活的不满，肆无忌惮地超越道德的底线，从而在情感世界中出现了第三者的涉入、一夜情的发生、婚外恋的畸形萌芽，破坏了情感最初的美好和无数个家庭的和谐。足以证明，欲望和道德底线是当今社会人们所缺失的一种重要元素。信守传统的道德底线、适当把握尺寸才能让感情的天平守恒。

男女之间的那点事儿，说大不大，说小不小，它是世俗里绽放的花朵，犹如罂粟般娇艳诱人，让无数挣扎在情网里的人们彼此吸引着，暧昧着，幻想着，拼命追寻着，一次次沉沦着，堕落着，无法做到自省和顿悟，使男女间的感情徘徊在患得患失之间。其实，在情感中，男女双方能适度把握好距离，能正确对待情感的归属，都需要时间的沉淀和情感的成熟。在激情四溢的时候，学会冷静理智处理才是最佳的途径。

换言之，男女情感是否善于把握尺度，将关乎一个人人格是否健全、心理状态是否偏频，也诠释了一个人精神世界的是否纯净。若处理不好，会在伤了自己的同时害了那些喜欢、欣赏、爱着、被爱着，乃至深爱着你的那些人……

4... 痛苦是一道墙

人是惧怕痛苦的，它就像一道墙，将快乐拦在门外。快乐稀缺，才让痛苦无限扩大，走不出内心的阴影，让人生充满阴暗。

小时候常去姑姑家串门，姑姑家西院有一个姐姐是残疾人，我叫她晴姐姐。晴姐姐性格开朗，一年四季整天双手握着脚踝蹲在地上走路，或者拿一个小板凳，在地上挪动，来帮助她走路。我不解，问姑姑才知道，原来她在一岁多的时候，母亲的一个疏忽，把她自己放在火炕上，不懂事的她，不小心掉进了火盆里，等大人发现的时候，全身抽搐，奄奄一息，遍体鳞伤。家人发现后，虽然及时去了医院抢救过来，可她的双腿严重变形，再也伸不直了。晴姐姐是个爱美的女孩，她人长得很漂亮，梳着两条长长的辫子，一笑两个酒窝，不管什么时候总能从院子里传来她银铃般的笑声。

　　阳光明媚的天气里，她就会搬着一条小板凳，双手攥紧脚踝，摇摇晃晃地来到院子里晒太阳。

　　每到周末放假，去姑姑家，趴在墙头上和晴姐姐说话，会问一些不着边际的话题。我问她，晴姐姐，你身上的伤疼吗？她笑着说，不疼，不疼。那你想站起来走路吗？她依旧笑着回答我。想，做梦都想。说这话的时候，她的眼睛里闪烁着亮晶晶的泪光。她说，她好希望能和我一样去上学，可残缺的身体，还有病痛的折磨，打碎了她的梦想。面对人们的冷嘲热讽，还有异样的目光，她能做的只有坚强乐观地活下去，将痛苦和忧伤悄悄隐藏。

　　年幼无知的我并不知道，这残缺躯体背后，她承受了多么大的痛苦，说了那些让她伤心的话。

　　时间过得太快，转眼有快三十年没有看到晴姐姐了，不知道她现在怎么样了。人世间的事情变幻莫测，姑姑家搬到了外地，初中毕业后我外出打工，无数次梦里见到晴姐姐，她都是搬一把小凳子坐在门口，拿着花撑一针一线地绣花，时而和路过的行人微笑着打招呼，时而坐在门口凝神望向远方……

直到今天，偶然回忆往事，耳边还能响起她曾经跟我说过的一段话。她说："痛苦，是一道墙，看不到，摸不着，你想跨过它，需要勇气；推倒它，必须学会坚强。"年幼不懂愁滋味，当时很难理解她的话，如今，当时间沉淀了心智，慢慢长大，逐渐明白了这句话的真正意义。

当一个人集中地凝视着自己的不幸时，他就很难想象到别人的苦难。这是路遥在《平凡的世界》中经典的一句话。

痛苦，是一道厚重的墙，挡在我们面前，让无数经历着磨难的人们退缩迷茫，在人生的十字路口彷徨。人生苦短，生活中的我们，面对人生风雨，哪一个人不是含着泪水微笑，迎着风雨学会坚强呢？深深明白，乐观的精神，永远属于强者，退缩与懦弱，永远是挡在面前的一堵心墙，让人一次次失落、一次次彷徨。

5... 幸福方程式

幸福，是人们时常讨论的话题。人活着，什么样的姿态才是幸福呢？幸福的含义何解？人们渴望幸福，仰望别人的幸福，找不到自己该有的幸福，陷入无尽的纠葛之中不能自拔。于是，在不断的跌到和爬起间，追逐在幸福的路上，在诸多得到与失去中一次次迷失自我。

幸福，其实很简单。有人说：有房、有车、有钱花，就是幸福。有人说：有权、有势、有名气，才能将幸福发挥到极致。然而，幸福在不同的形态和环境下，要求也自然不同。贪婪者，渴望拥有财富、地位等来满足其虚荣。知足者，永远懂得守住眼前的拥有，平安才是幸福。固守清贫，能得到别人所得不到的东西何尝不是幸福的眷顾呢？

　　然而，徘徊在幸与不幸中的人们，依旧不知道幸福的真谛。记得在《离婚律师》中苗锦绣的一番话，她动情地叙述着一个女人别样的幸福，声泪俱下的同时给了我很多的反思。她说，许多人都羡慕我的生活，说我是天底下最幸福的女人。是啊！我幸福，银行里有钱，大都市里有几幢房子住，有高档的轿车开，有可爱的儿子，有爱我的亲人，有别的女人梦寐已久想要的一切一切。然而，我幸福吗？我似乎在外人看来什么都不缺少，可我内心快乐吗？我缺少的东西却是最重要的，因为我没有一个完整的家，没有一个爱我的丈夫。我所拥有的那些东西都不是我想要的。说我幸福，我真的幸福吗？

　　在人的一生中，情感占据幸福的位置相当重要。对于幸福本身而言，不论是男人还是女人，心中都渴望拥有一份永恒的情感，拥有一个幸福完整的家庭，有了这些，远远比得到更多的物质财富要实惠得多？冲动是魔鬼，欲望是罪魁祸首。欲望越多，心就越不能满足。生活中，绝大多数的人，在欲望的驱使下，为了满足其虚荣心，被关在笼子里的金丝雀们，表面上物质富有，精神却永远会空虚着，那样的幸福还有何意义？

　　假如说生活是一本书，那么，心态则是打开幸福大门的钥匙。

这部厚重的书中，不断地变换着姿态，不停地寻找自我的价值，追寻着幸福的真谛。年幼时，我们渴望得到亲人的呵护，来换取心灵的温暖，体会关爱的幸福；少年时，渴望纯真的友谊，陪伴自己成长，留下最美的光阴；成年后，总是渴望达到梦想的彼岸，拥有自己想要的完美生活；中年后，心境逐渐归于平静，越发成熟，压力也越来越大，内心也时常空虚落寞，渴望得到更多人的理解，便成了对幸福最大的苛求。

时间总是不知不觉中，匆忙在眼前溜走。总是感叹岁月的无情，抱怨幸福来得太迟、得到得太少，有些生活还没有认真地享受就擦肩而过，伤感便油然而生。一天一天撕扯着日历，将时光蹉跎，仿佛一眨眼我们就伴着如水的光阴老去了。渐渐不喜欢喧哗，渴望寻找安静的庇护所。人到中年，渐渐读懂了自己，也懂得了幸福需要平静和安稳，才能达到守恒。

时常，提笔弄墨，将丝丝感触融进寥寥数语的文字里，记录此时此刻的心情。偶遇花开，欣喜；瞥见花落，感伤；扪心自问，是我们多愁善感吗？还是我们根本就没有读懂生活的本质？或许，我们根本不知道能读懂尘世万物的物语，能记载生活中的点滴，在有限的生命中，为自己的布满尘埃的心修建一方城堡，善待自己，懂得自己，学会删繁就简，何尝不是一种幸福呢？

滚滚流逝的岁月长河中，我们都是跋涉者。穿越流逝的光阴，在属于自己的轨迹里，续写着无数个故事的不同版本。年华走远，额头刻下条条印痕，在生活的磨砺中逐渐成长、成熟、学会了隐忍、包容、沉淀了自己浮躁的心境，伪装自己的喜怒哀乐，不再狂妄不羁。有些时候，我们发现自己变了，时常不像曾经的自己。戴着面具，强装坚强，笑着流泪，哭着微笑，尝试着各样的伪装来掩饰内心孤寂的情绪，让人们只看到了幸福的表象。

生活中的幸福千变万化，可繁可简，可喜可悲，能包罗万象。活着，开心也好，痛苦也罢，都是一种行走的状态。伪装久了疲惫，压抑深了容易心累。幸福不能以欲望为载体，不能以物质为准绳，在平淡的生活中，不妨做真实的自己，才能体现活着的基本含义。你不是演员，更不是编剧，生活赋予的种种不如意要学会适应，别丢了真实的自己。

目光所及的幸福一直认为是远处的风景，往往忽视了幸福就在身边，悄无声息地陪伴着你。然而，一个懂得取舍的人，知进退的人，能审时度势抓住仅有的幸福又谈何容易呢！

假如说生命是一树花开，那么，年华就是一封写满梦想的书签。它密密麻麻记载了青春岁月里无数快乐和忧伤，陪伴我们慢慢成长。人们说，幸福的含义，是追逐和守候的一个矛盾体，让人欢喜让人忧，很难把握它的尺度。曾几何时，我们渴望拥有幸福，渴望真正地过好这一生。然，幸福是发自内心的一种感觉，在不同人的心中定位则不同。抓在手里的才是幸福，开花结果的才是收获。当你在静静等待幸福来临的时候，不要仰望别人的拥有，珍惜自己得到的才能日久弥香……

一路追逐，一路行走；一路失去，一路拥有，在寂寞的旅途中苦苦盼望幸福的眷顾。我们的一生，无时无刻不在漫长等待中度过。等待花开，闻其花香，怡情添色。等待雨落，洗涤尘埃，纯净苍穹。等待风来，吹动云彩，与心为伴，来装点空旷的内心世界。假如用一个公式，来说命幸福的含义，那么，幸福等于物质加精神减去烦恼复制快乐，再抓住眼前的拥有，便诠释了幸福的真谛。

回首我们的一生，总是在烦恼中仰望别人的幸福。总是在纠结中抱怨命运的不眷顾，从而感慨生活赋予的幸与不幸，并时常陷入茫然的状态之中。一直认为简单的人生才是最平凡的幸福，才是一个普通人的生活状态，并不奢求更多的赐予。每个人生活都有自己的烦恼和不尽人意，其实，当你在仰视他人幸福的时候，别人何尝不是在仰望着你握在手中的拥有呢？

淡然处之，不盲目追求；平和心态，不奢求得不到的东西，真实活出自我。不去羡慕和忌妒别人的一切，因为他有的痛苦你一无所知，你得到的快乐他却不能拥有。对待人生必须学会删繁至简，复制快乐，去掉烦恼，才能拥有属于自己的幸福。懂得了这些，我们慢慢发现，原来我们一直在寻找的幸福从来没有走远，就在身边，不是吗？

6... 书香做伴

书是有香味的，越咀嚼味道越浓，我一直这样感觉。

小时候家里穷，没多余的钱买书。父亲要供几个孩子读书，哪里有闲钱买书呢!

那时候，每年开学的时候，看到一起玩耍的伙伴背着书包去上学，幻想着她们坐在课堂里听老师讲课，教室里传出来的朗朗的读书声，心里就好羡慕。

家里条件不好，为了省下书费，课本有的时候是借来的，用牛皮纸包得严严实实，像宝贝一样，怕给人家弄坏了，书借了是要还的。

本子用了正面，用反面，甚至用过冥纸，裁剪到本子大小，用旧纸壳钉起来，在上面写字。铅笔削到最后，短得握不住，就用纸条缠起来，塞进废的钢笔筒里，接着用。那会儿，别说买什么书看了，就连一毛钱一本的小人书都买不起。

我对书的兴趣，完全是被哥哥熏陶的。哥哥上学到了初中，家里条件不好，就辍学了。他喜欢看书，买不起，就出去借书看。金庸的武侠小说，《三国演义》和《水浒传》，看得津津有味，爱不释手。我当时识字不多，看着哥哥看得着迷，就抢着看，缠着哥哥给我读。哥哥躺在火炕上神采飞扬地给我朗读，我总是懵懂地听着，高兴处也拍着手笑。

去邻居家看电视，特别喜欢看古装戏里，读书人的书房，一架子满满的书，满心地喜欢。

常常会有这个镜头出现，黑漆大门的大宅院里，一棵参天古树，垂下绿色的丝条，一位鹤发童颜的老者坐在门前的树影下的摇椅上乘凉。左手捧着一本书，右手拿着一个茶壶，边悠闲地看书，边品茶，读到精彩处，拍手喝彩，那股子浑然忘我的劲儿让人羡慕。那时，心想，要是有一天，我自己也能有如此的闲情逸致读书，该有多好。

20世纪80年代初，没有通信设备，全靠书信来互通消息。上小学三年级，我就提笔给外地的姑姑写信。不会写的字，就翻看那本被哥哥翻烂了的字典。父亲不识字，但喜欢让我读书写字。每次给姑姑写信，父亲都坐在身边，看着我写那些他看不懂的蚯蚓一样的字。信写好后，我就捧着纸摇头晃脑地给他朗读出来，父亲默默听着，不住点头微笑。

识字越多，我对读书的渴望就越强烈。像一个饿得发慌的人，面对一碗热汤、一个馒头一样迫不及待。

初中的时候，语文老师是我们偶像。他个子不高，留着两撇小胡子，讲到精彩处，眉飞色舞，两撇小胡子上下抖动，像一条泥鳅。他鼓励我们多读书，每次讲课文，都要谈古论今地演讲一番，语言风趣幽默，内容更是丰富多彩，逗得大家可开心了。

1992年，父亲去世，由于家庭原因，我没能坚持读书，只读完初中，就离开了学校。接下来，怀揣这个读书的梦想，外出打工，但从来没间断过读书写字，那个埋藏在心底的读书梦，一刻都不曾遗忘。

　　和爱人谈恋爱那会儿，他曾经问过我，这辈子的最大梦想是什么，我怯怯地望了望他，读书二字没出口，幽幽地说，我只要有一个幸福温暖的家。足矣！就这样，养家糊口，多年在外漂泊，居无定所，家的温暖是有了，书柜的影子在哪里？

　　曾经的梦想，过了少年、青年，那个想奢侈的不管不顾去买书的愿望一直没有实现。时常，走在大街上，偶然看到一家书店，或者书摊，都情不自禁地停下脚步，逗留一会儿。看着花花绿绿的书，那些优雅的名字，漂亮的封面心里就像有一团火在烧，想买书的渴望在内心蠢蠢欲动。不过，摸摸自己的口袋，翻看着书的定价，囊中羞涩，只有摇摇头，匆忙走过。我真羡慕那个卖书的，他一定是知识渊博、见多识广的人，坐在那里，盯着一地的书看，跟坐在河边钓鱼的老者一样，书是鱼饵，钓来大大小小的鱼儿们。每每看着那些书虫、书痴们乖乖地掏出兜里的钱，然后抱着宝贝一样满意而去，幻想着，他们的屋里都会飘着书香吧！

　　读书真好，让我一次次向往。

我一直梦想着，有一天，屋里有一个属于自己的书柜，摆满各式各样的书。躺在床上，枕边放一本书，陪伴我入梦。清晨起来，床头柜上摆放一摞书，捧在手里，一边喝着热牛奶，一边翻开几页书，随便翻到哪里都行。

唉，如今，我还是没有自己的书柜，却有了属于自己的书。前几日，儿子放学，拿回来老师奖励的两个漂亮的书签，送给了我，夹在书页里，放在写给他那篇文章的扉页，跟我做着鬼脸，样子调皮。他把鼻子贴在书页上，使劲地闻着，神秘地说："妈妈，放上这漂亮的书签，你闻闻，书的味道更香了。"

偶尔，我坐在阳台，打开书，就能闻到淡淡的油墨味道，有股幽香。那两个精致的书签，静静地躺在书里，玻璃窗上折射进室内的阳光，照在书页上，温暖舒适，那感觉真美好呢！

昨天，下班的时候，发现小区拐角处，突然，出来一个免费的玻璃书屋——读书驿站。外面写着，阅读，让人生更精彩。几个调皮的孩子，钻进了玻璃房子里，一人抱着一大摞书，站着读，坐着读，更有懒惰的孩子，把书当成枕头，枕着头，懒散地读着。

　　书屋的拐角处，碰到了热情的邻居大姐，亲热地打着招呼，怀里抱着出生不久的孙子晒太阳。暖暖的阳光照在小家伙粉嫩的小脸，他在睡梦中笑着，好暖好暖。我心里想，快快长大吧，长大了多读书，多写写这世界的美好吧……

7... 暮秋之恋

喜欢漫步在秋天里，看枝头的叶子泛黄，一片片瑟瑟飘落，循着南国暮秋的脚步不缓不迟地走着。贪恋这种味道，它如迟暮的老者，慢悠悠地走在斜阳落日中，在最后一抹霞光中悄悄地、悄悄地隐退……

南方的秋是安静的，静得那样恬淡，清爽，优雅且从容。有人说，秋天最美的时日，还是初始，与夏末交汇的时节，浅浅的，淡淡的，泛着浅黄色的光晕，时间都慢悠悠的，像一只睡懒觉的猫儿。

一般时日，秋的天空是明朗的，高远的。而最浓烈的秋色也总是急匆匆的，风风火火奔来，把时光染成火红色、金黄色、深褐色，醉了无数旅人。

我想，与其陶醉，沉迷于秋，不如慢慢欣赏更有味道。我不知道，中年如秋，这词语对于我来说意味着什么，应该是悲秋，感叹的时节吧！人过三十天过午，四十以后，应该就是过午的时光了吧！没有激情的年龄，人也渐渐懒惰，似乎对一切新生事物都好奇，却又打不起来精神，困乏，形同老者。呵，我有点儿怕了，悲秋伤月似乎我的年龄过了，再也矫情不出那些美得让人心碎的句子，寥寥数语，沉沉在书页里迷离。

秋天里，我还是喜欢出门走走的。这时候，橡皮树还是翠绿翠绿的，叶枫树是浅绿色的，泛着青幽幽的光。一大树一大树的黄淮花扎堆在一起不知疲倦地开着，黄澄澄的，蛊惑着你的眼。人们说，紫色是忧郁的颜色，觉得如此比喻难免有些惆怅，你瞧，一大片一大片的紫色蔷薇花咧着小嘴儿笑得香甜，紫荆树的花瓣摇落了一地紫色的雨，香气袭人，喇叭花摇啊摇，紫色的小铃铛俏皮地摆动，看着都欢喜，哪里来的忧伤呢！

我喜欢在深秋里散步，温度适宜，不温不火。秋天去广场上看阿姨们跳健身操，亭子里老伯们耍几套太极拳，孩子们穿梭在人群里，热火朝天地踢足球，尖叫着滑动旱冰鞋，女人们眉飞色舞地闲聊八卦，草是绿的，花是艳的，水潺潺流动着清波，荡漾起一圈圈的涟漪，宁静祥和。

暮秋的黄昏，踏着夕阳的光晕，去江边散步。看孩子们放风筝，追逐奔跑，时光都觉得欢快了。看老人们健身，悠闲恬淡，又一下子慢了起来。看情侣们依偎在长椅上窃窃私语，软语温存，勾起内心的温暖。看江岸渔火，看渔翁独钓，怡然自得，更喜看月光下的光与影交错出来的景象。

漫步在暮秋的田野里，天空旷悠远，有晚风拂来，空气里飘来花香阵阵，夹杂着泥土的清香。交错的田埂上，偶尔有农人挑着担子晃悠悠地经过，圆鼓鼓的水牛背上骑着调皮的孩童，清脆的笑声在暮色下打着回旋，一切都那么悠然自得。

我想，暮秋如同老去的人生吧！每个人的人生都很匆忙，我们需要放慢脚步，抓住时光的尾巴，放牧这短暂且浓郁的秋色，寻找一份心灵的宁静，在暮秋的最后一抹时光里与过去的一切烦恼挥手告别……

8... 爱情风景线

　　爱情，是人类永恒的话题。因为有爱，人们的世界才丰富多彩；因为有爱，才有更多的情感滋生。爱情，浪漫的字眼，唯美的情感世界。世人无不渴望一份真爱的永恒，纵使一次次飞蛾扑火也在所不惜。

　　爱情，犹如开在世俗的花朵。它让热恋中的人失去了理智，让深爱的两个人分不清对错和纠葛。不论虚拟还是现实，一份珍爱往往在于彼此的把握，而双方过多的依赖会导致彼此失去后的痛苦不堪。过分自私的情感，可以在误解产生后，将曾经拉紧的两只手分开，并留下深深的遗憾。

　　纷扰的世俗，变幻的人心，物欲横流的社会氛围，使更多的人对爱情的含义曲解。人们喜欢彼岸烟花的美，它璀璨绚烂，让无数深陷情网的人们挣扎不已。他们渴望烟花绽放是刹那的惊喜，惧怕繁华散尽凄美别离，一根敏感的神经为情时刻绷紧。烟花虽美，终归昙花一现。情缘无数，刹那相遇，一别便注定永恒。世界上没有一份爱，不来自持久的守候。缘分交错中，没有一段情，不需要彼此真诚相待。一段情感的走向，缺失了这些，即使爱情之花再美丽，也如罂粟一般成为侵蚀身心的剧毒。

换言之，人们常常把爱情比作一袭华美的旗袍，有着完美的曲线、暧昧的味道。一直认为，爱情应该是一条绳索。让两个生活在个人世界的人偶然邂逅，并一见倾心，演绎一段段悲欢离合的戏剧。绳索的两端，为了情感的守恒，两个带着同样渴望的人，不断地走进彼此的世界，用理解和宽容来调节绳索缠绕的松紧程度。

付出情感的双方，会在意彼此的在对方心中的位置。在相处之间，也时常会有来自内在和外力的侵袭和摩擦，促使绳索在不断地打结，抑或在彼此不断的让步和妥协中破解，达到相处的和谐。一份纯美的爱情，没有界限之分，没有地位尊卑，没有世俗的夹杂，只有在懂得和珍惜中牢牢抓住彼此的心，让绳索保持稳定的状态，更要在拥有时别太计较。

爱情并无解。每一个相遇的两个人，都需要双方履行其义务，来换取心理上的平衡。然而，一方履行其义务，付出了一定的情感，作为接受方的一方却永远处于不满足状态，也成了常态。

感情永远不适合单方面给予，它需要走近的彼此用心呵护，相辅相成，来换取守恒。情不知所起，一往情深，并不都代表爱情。情感，适度于任何相遇的人，不分性别，没有年龄的障碍，也没有时空的距离，只有愿不愿意、接不接受的情形。这个世界上没有人愿意拒绝温暖，更没有人喜欢伤害，收放自如的感情很难把握。真心珍惜的彼此或许咫尺天涯，一切因果都是常态，之所以有遗憾存在，而是缘分给出的答案。

喜欢纠结，看重情感，愿意拿出全部来给自己认为值得的任何事物的人，是缺乏理性的一种思维表现。亲情、爱情、友情，都不要太依赖偏重自己付出。因为太多的无索求付出，才渴望回报的正比。然而，这些却恰恰会出现一些失衡的情形。倘若有一天你的付出得不到相应的回馈，内心必然受到伤害。太依赖，将伤害最深，太纠结得到，将自己卷入旋涡。适度地看待情感，不要刻意保留，也不能无限量付出，当伤害接踵而来，你的痛苦同时也在加大，毕竟你不是天使。

处于爱情中的人们，自私的一方会认为，对方对自己不够好，内心纠结。他或者她永远不能发现自己一直是在无限量地索取，对别人的付出认为理所应当，将情感归为己有，忽视了另一方的内心需求。如此，穿在脚上的鞋子不是自己知不知道舒服程度，而是你根本没有在穿鞋子的过程中找对脚的位置，从来没为别人的舒心付出一丁点儿的温暖和大度。所以，鞋子穿在你脚上，只看到外在，却不知道感情中不适合的双方，难受的不止你一个。

感悟生活中的许多情感，不由得发现，掺杂感情的事情终究是需要两相情愿的一种状态，永远都不能勉强。这个世界，男男女女组成，使其色彩纷呈，不再枯燥无味。作为女人，我想，在情感和生活中的姿态，最该有的不仅仅是容颜的美丽，更应该有其尊严。作为异性间的交往，距离是彼此最该有的尺度，切莫为了达到自己的目的或者为了情感而低到尘埃里、卑微到极致。

现实的爱情中都难免掺杂着烟火，并不存在完美。世人崇尚纯洁的情感，遵守着为人的根本。文人墨客笔下的爱情浓墨重彩，异彩纷呈，其中不乏浪漫的情愫、完美的想象、优雅的情怀、刻骨铭心的期许向往、海誓山盟的撕心裂肺，却少了人间的烟火味道。常听人说，文如其人，文有文品，人有人格，爱情也要道德伦理，并非人尽可夫，也非欲望囚徒。感叹那些用笔墨构建出来爱情大厦，竟然如海市蜃楼一般，瞬间凸起，放手坍塌。

那么，如此期望完美到极致的爱情，幻想最纯洁的情感是否可以被尊为圣洁之情，轻易触碰的道德底线该不该防守？倘若不能，受伤的永远都是那个超过防线的人，还有为其固守的家的港湾。人与人之间，善良为本，人性为纬，不要轻易去伤害人，在情感中学会让步，不想让更多与其有缘的人的人擦肩而过，就请尊重每一份情感，不要轻易言爱，因为那是一种灵魂的负担。轻易说出的爱，没有了矜持，亵渎付出的情感，伤人伤己，并对其后果心怀愧疚和不安。行走在欣赏和喜欢、爱与被爱、爱与不爱、深爱与珍爱中的人们，切莫有心无意地伤害，因为每一个人的情感都惧怕离去给予的负担，更不要失去一段走进彼此的机缘！

9... 谦虚是姿态，宽容是美德

俗语说，胜不骄，败不馁，是前人给予我们的忠告。它告诉我们做人的道理，不要有了小小的成就便沾沾自喜，不要失败了就把全世界的所有美好抹杀。

人生在世，没有一生顺境的，偶尔会有波折、坎坷，都是必然。成就人生的梦想与行走尘世的姿态，是一个关键的过程。

你可以在事业有成时享受，可以在幸福生活里沉溺，但一定要保持一种谦虚的姿态和方式，那样的你才可以在这个漫漫人生路上读懂更多的内涵。

一直以为，谦逊是做人的姿态，且从来不曾超越骄纵半步。写作几年，虽无大建树，但一直保存一份平常心。好多慕名而来的朋友，以老师相称，我却总是回一句，我不是老师，只是一个普通人，而在交流中，也从来不会去鄙视初学者，以高高在上的姿态来教训别人、抬高自己。深知，一个谦虚的人，懂得低头，需要沉淀自我，而不是虚名下的自我膨胀。谦虚的人，会把成功当成下一个旅途的开始，懂得要成功必须付出努力，不必夸夸其谈，炫耀自己的成功和多么优秀，放低身段，用平静的心态，做到谦卑，且柔和似水。谦虚的人会不在意别人的藐视，不在乎世人眼里他多渺小，会有无穷的爆发力，是一种人格历练的积蓄。

"谦虚使人进步，骄傲使人落后"，在谦虚的人眼里追求没有止境，会一往无前。在骄傲的人心里，对自己的期望太高，往往会摔得很痛。

谦虚的人不去攀比自己的得失与拥有，会以一种安静、淡然的姿态生活。不会因为一句别人的轻视而郁郁寡欢，不会因为自己的生活不好去攀比、忌妒，所看到的是平和与自然，是善待自己和身边的所有人的一种人格魅力，始终做一个知足的人。

在这个物欲横流的社会舞台上，谦虚很重要。一个有理想的人，以谦虚的姿态行走在平凡的人世间，更是一种修行。

做人，除去谦虚，更应该学会宽容的对待人和事物。"人敬我一尺，我敬人一丈"。为人处事，要用一种宽容的心态去相处，不是互相伤害和彼此计较，你伤害我，我伤害你，也是对自己人格的损害。

人生不如意十有八九，如果在别人的言论与阴影下活着的人，那样会很难受。在遇到不顺心的事情时，一定保持一种忍让的态度，人都有自知之明，如果你宽容地对待，对伤害与不满报以一个微笑，那伤害你的人也会知难而退，怎么会一次一次施予你暴雨狂风呢？

"心底无私天地宽"，宽容对待世俗中的人和事物，是一个人最高贵的精神内核。宽容的人是安静的、平和的，他所有的气场里都是温和和包容；而斤斤计较的人，从来都是浮躁的、骄纵的；有了点成绩就沾沾自喜、自以为是的人，状态和心境已经脱离了生活的轨道。宽容的人不会有计较得失，容易理解人，会正视自己的不足，体谅别人的疾苦，明白伤害没有什么大不了，只是心里放不下，觉得面子才最重要。

宽容的人展现的是一种美，是人性的内在美。遇人遇事，都以宽容和坦然的姿态面对，不去过分追求自己的得失，不去计较自己的面子，一个人学会宽容，懂得退步，人生的历练与磨砺将迈上一个新阶梯。

谦虚是一种姿态，宽容是一种美德，也是一种气度，宽容地对待你身边的人，或者擦肩而过的陌生人，我想你的人生之路是正确的。

人活一世，只有自己懂得谦虚、学会低头，只有自己做到了宽容，才可以得到别人的善待。做到宽容并不难，关键是你生活的姿态、看待得失的心态。宽容可以得到很多的收获、人性的升华。

人生风雨，得与失一念之间，学而无涯，谦虚与宽容是一种自身的修养。学会了谦虚，就学会了成功的要素，做到了宽容就得到了充实的人生。

朋友，宽容地对待一切，当面对伤害与坎坷时，报以一个善意的眼神、一个真诚的微笑，你的人生一定很精彩！

10... 把握命运，扬起自信的风帆

人生就像一片茫茫的大海，我们就像在海上行驶的一叶小舟，时而波折，时而安静，有时顺风，有时逆流。

在人生的大海里，显然没有风平浪静的，更不会一帆风顺，不论你是一艘巨轮、一艘舰艇，或是美丽的乌篷船，纵然是一叶孤舟，也逃不脱海的束缚。

一帆风顺的人生不会存在，坎坷一生的生活也不是最悲惨的。我们在这里得到了很多做人的道理，也失去了很多的自己想要的轨迹。顺境中的生活只会培养人的惰性和不思进取的心，只有在逆境中磨砺，才能锻炼一个人的能力，使之成长，让其懂得人生真谛。

平静的湖面，练不出精湛的水手；安逸的生活，造就不出时代的伟人。这是一个朋友的座右铭，让我终身受益。

在大千世界里，我们都以不同的方式演绎着自己。浩渺的大海里乘风破浪，激流中我们是否勇敢的前行，痛苦时我们可否洒脱，摆脱晦暗，从阴霾中走出，心态起关键作用。从某种意义上讲，人的天性是善良的，本质是自信的，只不过承受压力和困惑的能力不同，有的人会选择妥协，有的人则勇敢面对生活的喜怒哀乐，用乐观的精神、阳光的心态，用积极的一面笑对人生风雨。

千变万化的人生旅程，把握自信真的很重要。在诸多的生活方式里，我们的选择大不相同，得到的结果也不一样。那么，如何拥有充实的人生，如何面对生活赋予的喜怒哀乐，从树立正确的人生价值观开始。

自信是实现梦想最关键的一步。一个自信的人，不怕在人前展露自己的实力，从来不畏首畏尾，坦坦荡荡。一个自信的人，他可以心态不成熟，姿态却是充满能量的，他会以稳健的步伐走自己的人生之路。一个自信的人，不在乎别人的诸多看法，不会活在别人的阴影下，他会走出阴霾迎接阳光。一个自信的人可以带动身边的人也去自信，自信的人有铮铮铁骨，更是强者。

不自信的人则与懦者为伍，他消沉落寞、抱怨、牢骚满腹，对人生给予的一切茫然，没有目标。想做强者必须自信，想做一个真正的勇者必须自强。

当生活遭遇不如意时，当命运捉弄我们的时候，不要怨天尤人，不要茫然无措，要多给自己信心，这个世界上真正可以帮得了你的人不是别人，只有自己。

人生的大海充满了新奇与幻想，在汹涌澎湃的激流中，努力做回自我，对拥有的加倍珍惜，对失去的报以灿烂的微笑，寻找属于自己的幸福真谛，把握属于自己的航向，领悟人生真谛。

让我们面对那苍茫的大海，扬起自信的风帆，纵使前路艰险，纵使海浪千丈，勇敢地走下去，坚信希望就在前方，幸福就在前方……

人生天地间，
忽如客已远

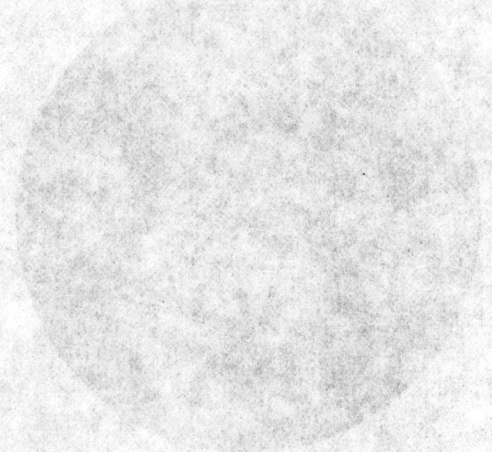

第五卷

1... 人生天地间，忽如客已远

汉代诗歌《青青陵上柏》中这样写道，"青青陵上柏，磊磊涧中石。人生天地间，忽如远行客。"初读有些感慨，再读却在心底生出了一丝悲凉。

漂泊在外的诗人独立在苍茫空寂的旷野上，借景抒怀，感慨万千。仰望，高高的山顶古柏青青，郁郁葱葱，四季不凋；俯首，山涧中众石磊磊，千秋不灭，流水潺潺。头顶青天，脚下大地，预示其存在的亘古不变；而人生短暂，对于生于天地之间的人来说，却犹如出远门的旅人那样，来去匆忙。

读罢此诗，心生苦涩，感叹尘世间，生命的短暂与脆弱。青山绿水，天地万物生生不息，周而复始，而人这一生，短暂且匆忙，恰似无根的浮萍，顺水漂流，漂泊不定，生活所赋予我们的风雨坎坷，更是阴晴不定、难以预料。

走在生命的旅途中，我们时刻在上演着相聚与别离。羡慕那些扎根故土，不曾在外漂泊的人们，他们老守田园，守着一方山水，养育着一代又一代的子孙，虽生活清苦，却踏实安稳，不曾有太多的波澜。对于从面朝黄土背朝天的偏远乡村走出来的一代人来说，从背起行囊远行、作别人生的驿站开始，对相聚和离别有了更深的感触。

离开故乡多年，踏上这片土地，心中激荡着眷恋和乡愁，路遇孩童，乡亲虽热情招呼，却添了太多的生疏，恰似远方来访的客人。他们淳朴、善良、憨厚，乡村的变化既亲切又陌生。独自行走在故乡的田野上，天是宽广的，蔚蓝的、更有一望无际的辽阔，总能让一颗浮躁的心瞬间安静下来，抛却闹市喧嚣中的所有烦恼，卸下一身的疲惫，欣赏下身边熟悉的风景。

曾几何时，蓦然发现，一切的一切已经回不到从前了，好多事情无法重来，生命里来来往往的人或事，在不断的遗忘与错过间渐行渐远，站在时光的路口，茫然不知所措。

　　童年的伙伴，再次见面，没有了幼年时那种纯真和稚嫩，多了生疏与沧桑。忘不掉，曾奔跑在湛蓝的天空下，在田野里采野花、捉蝴蝶、拾麦穗、挖野菜、拾柴火，奔跑在大雨里放牧牛羊的画面，我知道，时光一去不复返，记忆已泛黄。人到中年，越发眷恋乡愁，故乡的一草一木、一屋一舍，乃至断壁残墙，一张张既熟悉又陌生的面孔在脑海里闪过。走在路上，乡亲们好奇的眼神，还有远远观望的举动，分明添了生疏，似乎这里不再接纳我，成了名副其实的外乡人。

　　我是故乡的客人吗？风尘仆仆归来，不是要回家吗？是这和煦的风把我召唤回来，告诉我，我的根在这里；是皎洁的月光把我爱抚，告诉我她的牵挂；是这片深情的土地，涓涓的河流把我哺育；是幼年的玩伴儿陪伴我长大，是善良的叔伯大娘将我呵护，却早已物是人非。

　　人生恰似一场梦吧！忽然醒来，豁然明白，这个世界并没有什么永恒存在，天空高远，却总有阴晴圆缺，山水常在，也会在大自然的变化中渐渐消亡，更何况这短暂的人生之旅呢！你看，那些从小的玩伴、朋友，抑或亲人，说好了一辈子不分开，不放手承诺，仿佛还在眼前，一转身却各奔天涯，少了联络，和这无情的时光一般渐行渐远，渐渐老去了……

生命的行程，惧怕分离，却又时刻面临着各式各样的别离，不是吗？比如，母亲走了，悄无声息；父亲去了，心愿未了；年轻时背着我嬉戏的哥哥已经驼背，鬓角斑白；幼年时围着我叫嚷的孩子们突然间长大，邻居大娘叫我乳名时温情的眼神，刹那静止，光阴的隧道里，我已走过中年。

不经意间，儿子长大了，个头儿高过了我，说着那些我听不懂的流行语，搞出了太多的笑话。时间留给了我们什么？是珍藏的回忆，还是依依惜别的画面；是生离死别的痛，还有每个人都无法停下的脚步匆忙。

对于远行，我惧怕，就像爱人清晨打来电话，悄悄告诉我，久病的姨妈去世的消息，我的心突然疼痛起来，眼里溢满了泪水，哽噎在喉。昨日，婆婆还要打电话问候，今日竟然永别，何其残忍。难以想象，每天都在通信录里的电话号码，突然间，你去拨通，却再也没有那个熟悉的声音来接听，该是多么的悲凉。婆婆常说，你姨妈的病不能好了，我就是惦记，想着她七八岁的时候，几个没娘的姐妹在一起的时候。为了省下两毛钱的煤油钱，姐妹几个天黑就团团围在火盆边烤火等爹外出回家的样子。听到这里，我的心疼痛不已，泪水在眼眶打转，感同身受。

当漂泊的脚步再次驻足，内心竟然有些许的凄凉。我们都是彼此的过客吧，天空中日月新旧交替，白云与清风相互追逐，山与水总有干涸枯竭，人与人总是失之交臂，成为名副其实的过客。悉数这一路走来，貌似沉甸甸的行囊里，仅存的是满满的回忆，旅人般一路的匆忙……

2... 让快乐伴你前行

在时间的洪流里，我们逐渐长大，心智也慢慢成熟。忽然间，我们越来越发现，随着年龄的增长，走在现实中的我们烦恼多了，快乐却越来越少了。为了生活，我们几乎整天奔跑在生存线上，给烦恼找着 N 个理由。

来广州这座城市五年了，每天上下班我都要重复着从家到车站、车站到店三点一线的生活规律，周而复始，谈不上乏味，也说不出繁忙。在从家到店的这一小段距离里，除了纵横交错的立交桥、嘶鸣喧闹的车水马龙、繁华林立的高高楼宇之外，看得最多的就是街头巷尾讨生活的人们。每次走过立交桥下，都会看到桥下坐着的一对靠卖唱糊口的一对年轻男女。经常看到，也就无意间关注了些。男的先天性失明，女的头发花白，就是北方人俗称的"阴天乐"，几乎看不到她睁开的双眼。女孩子身材娇小，能看得出，她喜欢穿白色的衣服，性格开朗，笑容也和她的歌声一样甜美。男孩子身材不高，脸上常常带着笑容，面前摆着的音响，还有手里紧紧握着的麦克风，就是他们的生活来源。我知道，他们的世界是黑暗的，几乎看不到光明，路过的人群总是会多看几眼，并投来异样的目光。在我看来，他们没有其他讨生活流浪街头的人的那种窘迫、那种被人歧视的羞涩，而是一对和正常的情侣一样的充满爱和温情的世界。两个人紧紧拉住的双手、脸上洋溢的笑容，还有相互依偎的画面，不管刮风下雨都会出现在这里的身影，总是有着一种温暖和幸福的感觉。在现实生活面前，他们"苦中作乐"的精神，我自愧不如。

其实，生活的苦每个人都在品尝，只是所处的环境和位置不同罢了。每天我们都围着属于自己的生活圈子不停地转着，跟一个陀螺一样，想停都难。前两天，我一个人在档口打理生意，商场里一个经常见面的保安员走了进来，和我打招呼。由于熟悉，大家就搭讪着聊起了天，自然就聊到了在广州的工作和生活上。商场里的保安基本工资不高，每个月不到三千元。他们都是外地来的，多数是河南、河北、湖南的打工者，四面八方的各类人群。商场包住不包吃，除去每个月的花销，抽烟，喝酒，剩下来的基本也就没啥了。他跟我说："好多的保安员嫌弃商场工资低，多数都跳槽了。有的回老家，有的选择辞职，找其他待遇好的工作，频繁地换工作。"近两三年来，全国各地开始流行网络销售，做微商的人群也在逐渐扩大，商场的保安员工资太低，有很多选择兼职，做微商增加收入。其实，人流量大，不固定也算是广州这个地区的最大特点吧。来了这里有五年光景了，商场里的老业主走了一半，换了一茬茬新业户，保安员也换了一拨又一拨，面孔越来越陌生，为生活奔忙的脚步也越来越快了。

我相信快乐是生活的源泉，生活是一本写不完的书，酸甜苦辣俱全，总有一些不如意，更多的是无奈。今早送完儿子，就坐车去上班，进了商场，走进电梯，直升上了五楼，打开店门的时候整个商场还没有开灯，只有应急灯亮着。走进通道，迎面碰到了打扫卫生的阿姨，一句早安，还有一张和蔼的笑脸，都是那么熟悉。最近一段时间，我都来店里比较早，而比我还要早的就是这个湖南来的阿姨。一次趁去洗手间洗茶具的工夫，和她聊天，问起了她的情况。今年，她有五十五岁了，去年来的广州，也一年没有回家了。家里两个孩子都结婚成家了，乡下地比较少，收入也不高，儿女们成家了，各自有自己的生活，无暇顾及他们的生活。为了给自己积攒点儿养老钱，眼前的老乡也都进城打工，她也和老伴儿踏上了南下广州的火车。务工难，年轻人的活儿都难找，何况年龄大的呢。通过老乡介绍，老伴儿在工地看门，每个月赚大概两千块钱，阿姨也在商场找了一个保洁的活干，也有大概三千元的收入，又和老乡合租了平房，在广州落了脚。其实，这些年来，我一直以为我活得很辛苦，为生活奔忙的脚步一刻没有停歇，满腹牢骚，抱怨人生的不如意。看到五十五岁的阿姨每天六点就来商场上班，晚上八点下班，整天推着保洁车一刻都不敢疏忽，才真正体会到了辛苦。我问她："做到什么时候？这么大年纪，太辛苦了！"她笑着回答："人活着，哪个不是累着呢！我能自己赚钱养活自己，总比跟儿女伸手要钱好过得多了！"阿姨脸上的笑容，满是知足，还有一种无法形容的快乐。

　　人活着，一辈子就是不容易，生活的现实，活着的艰难都要自己慢慢品尝，才能逐渐成熟起来。在广州这个现代化都市多年，商场里摸爬滚打，眼前所目睹经历的都是平凡人的生活轨迹，他们痛并快乐着，有滋有味地活着，或许这就是一个普通人的人生吧！每当烦恼袭来的时候，眼前都会浮现那一张张充满活力的笑脸，还有他们同样为生活奔忙的脚步，不放弃，不退缩，乐观积极的人生态度，都让我更加明白生活不易的背后，快乐的缺失，跟自己的心态有着莫大的关联。

3... 阳光总在风雨后

　　生活中我们常常会遇到这样一些人，他们经历了人生的诸多磨难，却坚强乐观，以积极的人生态度直面困苦，值得我们赞扬。

　　我们常说，生活中有阳光，必有阴雨；人生之旅，有平坦，必有坎坷，最晴朗的日子，是走出阴霾，沐浴在阳光下，享受人生简单的幸福。

　　每个人都热爱阳光明媚的日子，拒绝阴雨绵绵的光顾，但现实总是事与愿违，越是阴雨，越让人心情晦暗，情绪跌入低谷。

　　有阳光的日子，如同蜂蜜加糖，再晦暗的心情也会豁然开朗，巧妙地逃离悲伤。就像此刻，我站在窗前，看着烈日下花匠在清理台风后地被刮断的几棵紫荆树，一地零落的花瓣在打着旋风，裹着泥水，萧瑟残败。一场风雨过后，打乱了本来平静的现状，昨日还繁花满树，暗香浮动，今天竟然失去了勃勃生机，让人心生凄凉。

细细盘点每个人的人生，不正如这盘根错节的大树一样吗？力争上游，枝繁叶茂，却时常在不可抗力的灾难面前低下头，匍匐在地。

昨夜的一场暴雨狂风，匆忙而去，雨过天晴的碧空，湛蓝如洗，温暖的阳光洒在落地窗上，一抹斜斜的光晕抚摸着我的双肩，暖暖的，柔和惬意。常常喜欢用平庸的视角，去洞察身边的事物，不喜欢，用故作高深的眼光，去解析一个个行路人背后所经历的故事。我想，每个人都有自己的人生路要走，还原一个真实的自我，远远比谈资八卦，或者天方夜谭的空想要实际得多。就像此刻，懒散地靠在窗前，躲进阳光里，温暖刚刚好，一切刚刚好。

我是一个平庸者，行走在寻常烟火中的市井小民，经历着生活的种种磨砺，终日粗茶淡饭，闲时偶有小情怀，写几页文字，记录下生活的琐碎或波澜。去咖啡馆喝一杯咖啡，品一杯红酒，游山玩水，这种安逸且小资的情调我是无缘受用的。每天奔走在生存的边缘，顶风冒雨地奔忙，深夜挤最后一班公交车回家，那些优雅的休闲生活情调，对我来说却是如此的奢侈，难以企及。

女朋友向我哭诉，恋了几年的男友和她分手，失恋后工作又不顺心，最落魄的时候，连吃饭都难以解决。那段时间，她对生活失去了信心，几乎精神崩溃，甚至想到自杀。她还年轻，还有很长的人生路要走，为什么如此消极，和所处环境还有心态有关。我想，作为旁观者，我没有任何资格去评判别人的生活，遇到问题逃避、懦弱、惧怕困难、不敢面对，给她挂上失败者的标签。其实，人生正是如此，没有亲身经历过的生活，有什么资格去评判、去指责呢！

常常情绪化的觉得，自己的生活一团糟，忙碌得如同陀螺，然而静心思考，渐渐明白，和那些身处困境、正在经历苦难的人们相比，我的人生不算落寞，至少还能衣食无忧，有些充裕，我还有什么可抱怨的呢？谁的人生不是风雨飘摇，喜忧参半。谁的脚步不是行色匆匆，为了生存四处奔波？阴雨绵绵的日子过后，绚丽的彩虹挂上天宇，又将迎来一个阳光明媚的晴空，愿风雨过后，你的人生依旧优雅从容……

4... 生命，因爱而精彩

当岁月的洪流淹没了沧桑的过往，当人生之路走向一个又一个阶梯的时候，我们细细感悟生命的内涵，原来生命的存在和演绎全因为有爱的存在才更精彩。

一直认为没有母爱的人生是最悲惨的人生，也一度给自己的童年蒙上了灰色的阴影，且久久不能走出。每每看见其他的孩子在母亲面前撒娇、玩耍、在妈妈温暖的怀抱中享受母爱时，年幼的我都是眼含泪水，投去羡慕和忌妒的目光。

深深知道，母亲这个字眼对我是那样的奢侈和遥远。每到此刻，我唯一可以做的，就是依偎在姐姐们身边，静静地观望着这一切，将心灵深处的伤痕悄悄隐藏，去依赖我的挚爱亲人。还记得童年里，当我被别的孩子欺负，甚至因被人骂没有爹娘教养的时候，姐姐们总会用自己柔弱的肩膀背起哭泣的我，伸出瘦弱的手臂不顾一切地来保护我，为此也遭受了邻居的谩骂、父亲的责罚。那时候的我总会躲在角落里，悄悄落泪，看着哥哥姐姐为我承受那么多的委屈，自己却是那样的懦弱、那样的胆小，竟将兄弟姐妹的溺爱当成了理所当然，全然不知这是我没有母爱的人生中，最值得珍藏的记忆，也是自己童年里最幸福的时光。

随着时间的推移，渐渐长大的自己，为了生活也逐渐走出了哥哥姐姐的视野，独自开始了人生的漂泊之旅。每逢佳节，在简短的问候中，我体会到了她们每时每刻的牵挂。电话的那头，一句句照顾好自己、别委屈了自己的话语，犹如一股暖流，也似钢针刺痛我原本脆弱的内心，激动的泪水总会不由自主地流下，那种思念的痛苦和离别的愁绪也久久不能挥去。每一年的生日，都会收到哥哥姐姐的问候，虽然寥寥数语，没有过多的祝福，而一句句叮咛与嘱托，已经诠释了她们的心意。面对亲人的问候和牵挂，我感到自责，这些年我为你们到底做过了什么？忙碌时电话可以不打，郁闷时可以找你们倾诉，而对于我的一切，除了倾力而为之外，更多的是你们的牵挂和叹息。真的想问你们我是不是太自私，自私到无法体会你们的关爱，自私到用忙碌作借口远离你们的情感，这些都是我最大的愧疚。直到今天，我才深深知道，这一生做亲人，缘分真的来之不易，能得到你们的牵挂不就是我坎坷人生中最美的祝福吗？有了这些，我还奢求什么呢？

感悟爱的真谛在温暖中执着守候幸福的人生。婚姻生活总被人们比喻为坟墓，并在其中苦苦挣扎。然而，于我来说，我应该是个幸运的女人，有一个深爱我的爱人、一个天真可爱的儿子、一个慈祥善良的婆婆和一个勤于创业奔波在外的弟弟，这些都是我拥有的财富。现实生活的压力使我疲惫不堪，每当心累时，看到可爱的儿子天真灿烂的笑容和稚嫩的童音，全然忘记了身心的痛楚。每每望着婆婆厨房内忙碌的身影，菜市场里和小贩争来讲去的讨价还价，天凉了，那一句多穿衣服的叮嘱，几句朴实的话语，都足以要我体会到母爱的温情。二十年的婚姻家庭中，是爱人的关怀和帮助，使我从原本孤寂的人生中走出。二十年的相依相伴，他温情的关爱和真诚的情感使我冰冷的内心逐渐融化，并为之深深感动。伴随着年龄的增长，终于明白，作为一个女人，最大的幸福，莫过于拥有一个爱你的爱人。落寞时，伸出温暖的手，给你鼓励与支持；伤心时，一副宽厚的肩膀，为你遮风挡雨；开心时，孩子般灿烂微笑；困难时，彼此默默拉紧双手；生日时，做一桌简单的饭菜；流泪时，说一句温情的安慰。对于女人来说，还有什么比这个更值得拥有的呢？回望这二十年的风雨人生之路，都是爱人的隐忍、关怀、包容和陪伴，我才走得更加稳健、更加踏实。年华流逝，才真正领悟到了爱的真谛。携手一生的才是夫妻，因为爱才在乎，因为爱才纠结，能够珍惜在乎的才是最大的幸福。今天，想和你说，爱人，有你是我一生最大的幸福；有你，我的人生并不孤单；感谢有你，要我发现平淡的生活同样很精彩！

　　友爱相随，用真诚信守一片纯净的天空。真诚待人是我一直信守的人生信条，也为此结交了很多同样信仰的朋友。对于每一个相遇的朋友，我都一直秉承着坦诚、诚信、承诺来履行朋友二字的义务。一个"情"字交朋友，一个"义"字做知音，一个"诚"字走天下，一句"承诺"伴一生，才是"朋友"二字的真正含义。总认为，能够经历磨炼的情感才是朋友，耐得住时间验证的才是友谊。如今，那些陪伴我走过童年、青年、中年的朋友们，你们可好？天涯的一头，是否还在彼此牵挂？远隔万水千山那份浓浓的友爱，一句句温暖的问候，恰似一股甘泉时刻滋润着我异乡的漂泊之旅。朋友，想对你们说，人生有了你们，我并不孤单。

　　追逐梦想用文字构建心灵的堡垒。钟爱文字使我走进了文学的殿堂，几年的写作生涯中，我经历了人生的又一次蜕变。从开始的寥寥数语抒写自己的心情，到坚持可以连贯篇幅，直到发表、被推荐，不仅经历了诸多的困难，也收获到了更多的精神财富。昨天的我在不断的跌倒和爬起间摸索着前行，用不懈的努力和坚持走向一个又一个阶梯。在文字中我抒写着自己的喜怒哀乐，讲述着一个平凡女人的简单人生。文字的城堡里，有我付出艰辛后流下辛酸的泪水，也有收获赞誉时开心的笑容。

中华文化源远流长，它需要更多的文字爱好者加以传承。文字赋予这个世界的每一个人，不仅是情感的倾诉，也应是给予生存在这个社会上的每一个走进低谷不能自拔的人更多的启示，去激发人性的正能量，拒绝冷漠的人心，才是文字赋予我们真正的使命。徜徉在文字的海洋里，我痛并快乐着。今天的我，想敞开心扉，对所有的文字爱好者说，世界上没有与生俱来的天才，也不会有天生的作家，只要你肯努力，用心去书写，用情去浇灌，你心灵的花园一定会更多彩！

珍惜拥有，用心呵护，真正的爱是人类永恒不变的主题，它不会因时间而阻隔亲情的血浓于水；峥嵘岁月，真爱相随，最真的爱应该是相伴一生才是幸福，不会因误解而失去彼此的信任；友情常在，坦诚相待，用真实的自己敞开心扉去换取纯净的友谊，不会因距离而疏远，更不会因猜忌而分离；执着梦想，风雨兼程，构建完美的文字天堂，携手文字走进又一次的人生盛宴。生命，因存在而精彩，爱，因为有你们才更丰盈……

5... 向往光明的天使

顾城说过："黑夜给了我黑色的眼睛，我却用它寻找光明。"向往光明的世界并拥有完美的外在是每一个生命所期盼的一个目标，可当一切在不可抗力下变成了事实，那么如何坚强地面对并诠释生命的意义也尤为重要。

失去光明的世界是悲惨的，也是残缺的。他是一个生活在黑暗世界里的孩子，却有一颗天使的内心，用感恩的心体现他人性的光华。

他出生在一个普通的家庭，三岁时被发现先天性视力障碍，远离了光明的世界。他的世界从此是黑暗和孤独，也失去了一个同龄孩子该有的天真和梦想。当家人为之痛苦的时候，一次意外的聚会，使大家发现了他内在的潜力，他竟然对音乐有着特有的敏感和天赋，随便放一首歌曲他都会伴随着音乐打着节拍并哼唱，而且每次播放音乐他都表现得异常兴奋和新奇。

为了给他黑暗的世界添了更多的色彩，家人便开始为他经常播放音乐，也购买了第一件乐器大提琴。从此他便沉浸在音乐殿堂里，摆脱了孤独自闭，他的世界也充满了笑声。

这个意外的发现，使他的人生得到了全新的改变。为了让他走出孤独的世界，给他的黑暗人生添加色彩，家人便为他请来了知名的老师，教他学提琴。追梦的路上是充满艰辛与坎坷的，普通人学习乐谱和指法都需要一个漫长的时间和过程，而对于一个盲人来说，更加有难度。老师耐心的教授他，指法、乐谱，每一个课程都需要他一点点地领悟、一遍遍地吸收，这使他在音乐上得到了很大的提高。70岁高龄的老师，面对他的执着而感动，也用超出比其他孩子还要多的时间来教他，每一个指法、每一个音符都在手把手中完成，而执着的他也会因为完成了一节课程牢记在心而面露微笑。十年的音乐之路，是一般常人都无法坚持下来的，何况一个盲人，他用坚强的个性和执着的精神诠释了他的音乐梦。

　　怀揣感恩之心，他登上梦想舞台为爱高歌。十年与恩师的朝夕相处使他在音乐中不断地成长，老师十年如一日坚持不懈的教导使他的世界充满了欢笑。十年里，他由一个幼小的孩子长成了少年，而十年的师生之谊也早已血浓于水，化为浓浓的亲情。人们问他最大的梦想是不是希望见到光明，看见恩师慈祥的样子和笑容，他微笑着回答，虽然我见不到光明，可老师像我心灵的那一束光，照亮我的人生之路。他时常用手轻轻抚摸老师的脸，脸上洋溢着灿烂的笑容，他无数次幻想老师的模样，而能够做他一辈子的学生也是自己最幸福的事情。

　　人有旦夕祸福，人生也总有分离。2012 年 10 月，老师突然离世的消息，使他的情感遭遇了黑暗人生中的又一次重创。2013 年 6 月，为了怀念和感恩，他登上了梦想的舞台，用音乐展示了他的内心世界的独白。当主持人问他是否还希望见到光明，或者是成为一个音乐家时，他却回答，我最大的愿望就是为我的恩师唱一首歌，来怀念他，来感恩他十年的付出。我的世界虽然是昏暗的，可老师的关爱与付出已经使我的世界满是阳光。当音乐缓缓响起，一曲忆恩师，使在场的所有人潸然泪下。那如泣如诉的歌声，还有他情感的流露，无不令人动容。当雷鸣般的掌声再次响起时，无声的泪水也悄然滑落在孩子那纯真的脸庞。那是幸福的泪水，也是感恩的泪水，他用歌声告诉所有人，他对世界的热爱、对恩师深深的怀念。他的举动告诉世人，当黑暗向你袭来时，不要感叹命运的安排，要用足够的勇气去面对，要怀着执着和感恩的心去接受，不要怨天尤人、向黑暗低头，更不是对人生充满无奈与退缩。

生命是与生俱来的，它不分高低贵贱，也不论贫穷与富贵，凡是生命都是平等并值得尊重的。我们生存在这个世界里，任何一个生命都不可能完美，也一定有残缺的存在。然而，残缺的躯体并不是丑陋的，只要你的人格是美丽的，你就是最美的天使。

他的故事教会所有生活在光明世界里的人们，面对命运的赐予，一定要常怀一颗感恩的心，拥有纯洁的灵魂才是活着的首选。

6... 梦的归途

　　生命行走的脚步永远是匆匆忙忙而来、慌慌张张而去，正如百川归于大海的怀抱一样，瞬间便融为一体，分不清你我。时常觉得季节的美，鲜花绿草的依伴，和人与人之间一样，都是过客匆匆。心境，心静自然凉，当踏着近乎疲惫的步伐悄悄融入这个叫秋的季节中时，走近山水，贴近自然，才发现自己一直都是缺乏情趣的人。抬头仰望，天空湛蓝，投入宽广的大地温情的怀抱，静静的品读花开花落时的馨香与凄美，心情也会舒畅些吧！

　　看白云飘过头顶，听风儿吹过耳畔，遥望天与水相接的远方，便看到了希望，心也就不再迷茫。美丽的季节，需要用美丽的心情去读懂，娴静的秋天与山水相依，与清风为伴。穿过光阴的素手，发现有种心情与季节无关，却与心态有牵连。

　　无数次问自己，做人最大的悲哀只有两种吧！一种是自以为是，明明没有价值还认为自己的存在重要，并成了名副其实的傀儡和木偶。另一种是醒悟太迟，明明被欺骗了，明明被出卖了，还是不能觉察到自己的傻。于是，在一次次的被戏弄中，在一场场剧情里，做了完美的道具，还沾沾自喜。

　　人啊，太过于看重一些东西不好，太苛求完美的存在就让残缺更明显。谁真正对谁好？谁又为谁设身处地想过？谁能知道谁心里的痛？连自己都看不清自己的位置，何谈其他？没人可以一次次接受背叛；没人可以一百次受伤后，还要强颜欢笑，抱紧自己的肩膀流着眼泪轻轻告诉受伤的自己说宽容点，别人都是为你好。

　　感情就像两条平行线，起初都是不能相交错的，各有各的轨迹。人与人之间情感的纽带，只有甘愿贴近才能拉紧，并没有理所应当一说。红尘相遇，相逢的路口，为了一句你懂得，为了一句理解来彼此温暖，那是缘分给出的答案。岁月如歌，日久沉香，渐渐地发现，不是每一份情感都值得守候，不是每一个途经生命中的人都值得付出。

　　甘愿付出，默默关注，拿出真诚去温暖，都需要恒久的毅力，更需要心灵的真实相依。最美的红尘，最值得的守候，不是你的心在天涯，而我的心总是追不上你的步伐。

　　你不懂我，我不怪你，花开花落，风雨交加，自然守恒，却辜负了这一季的美丽。

　　情感世界中，人们总是看着别人的故事，写着自己的感悟，并作为旁观者，来指手画脚、品头论足。情感，是人类繁衍的核心，也是人精神世界的最大依赖。多情也好，无情也罢，始终相信每一个渴望真情的人，都是带着心中的希冀去力求完美的。每个人的情感世界都不是单一的一个人，需要另一半，乃至另一个群体的相辅相成才能将情感的本身价值体现。

　　假如将中年比作秋天，那么这一季就是收获的季节了。花开花落，收获了欣喜，品味了离别的忧伤。时间流逝，经历磨平了我们的棱角，并得到了人性的升华。在这个年轮里，我们承载着诸多的压力和不得已。于是，人们行走在各自的世界里，心与心之间终究是有距离的。想要真正地融合在一起，成为知己，必须具备相互理解的基础、坦诚的交流、纯净的内心，才能走进彼此的内心世界。

时间，可以验证一切情感；空间，可以容纳所有的需求；环境，却可以改变你眼前想要却抓不到的一切，让你时刻措手不及。一部完整的书籍，需要每一个细节的叙述，一段值得拥有的光阴，更需要真实的交融。你的故事属于你自己，我的人生无法用你的思维编排，这就是距离的意义。

人生并没有完美无缺存在，无论是相貌、身材、性格，以及情感都不会绝对完美。生活中，我们总会经历到很多的不可抗力，错误在所难免。有些时候，我们深陷其中，不能自拔，为自己对错误的选择，和过失悔恨不已。然而，错误在所难免，谁能真正做到两全？一个人多情不怕，有情无罪，却不能冷漠，也不能违背良心。

生不容易，活太难。人活得开不开心跟地位无关，跟年龄无关，却永远跟心态有关。善良的人，心中悲天悯人，对得起自己的良心，不虚伪地活着才开心。乐观的人，能坦然面对人生的不如意，学会删除痛苦、复制快乐，相信活着的每一天都是美好的，便也开心自在。有信仰的人，坚持着自己的梦想，不在困难面前低头，不为失败而退缩，才是勇者的姿态。卑微的人，不为地位悬殊而苦恼，不为锦衣玉食而过度虚荣，不为攀比而纠结于心，便也过得安逸。生活之中，我们都是在不停地调整着自己所处的位置，学会适应环境，学会审视自己，懂得自己的内心感受，沉淀一份心境，远远比一生仰望别人的风景要惬意得多。

人与人之间，没有利益的情感最单纯，最值得守候。当一个人将情感看作唯一、执着守候的时候，相信他是无怨无悔地甘愿付出，然而，一个人的付出远远不够满足情感的真正含义。真正的感情，应该走进彼此内心，排除利益牵绊，摒弃所有的杂念，用心灵彼此聆听心语，从而达到完美。

一切随缘，不用思考明天的结局，属于你的不会离开，不是你的何必强求？经典的话语，反复咀嚼，细细回味，能拥有如此境界的人可谓大彻大悟，让人叹为观止。远了，近了，真与假，是与非，怎么能轻松带过？或许，修炼成佛，无欲无求，才是真正的修为吧！

7... 飞扬的青春

青春是一季美丽的花期，是人生最美好的印记。

人生短暂，青春有季。漫步在青春的花季里，多少希冀与梦想仍萦绕在我们心灵的弦上，似翩翩起舞的舞者，把美丽展现。

青春似阳春三月的绿柳，摇曳在绿色的枝头，点缀着人间的生命，展现着无限的生机。

青春又似怒放的玫瑰，火红而热烈。沁人心扉的芳香，成为浪漫的天使。

青春在唯美与浪漫之间挥洒，总会让人的激情在遐想间徜徉。

青春如歌，吟唱着奔放的曲调。青春如跳动的音符，在你落寞时，需要用乐观去展现；有活力的青春，要用浪漫和热情去谱写最美的生命乐章。

青春年华转瞬即逝，人无二度少年时。充满幻想与希冀的青春里，有男儿对事业的追逐、对梦想的期盼，有女子对爱情的憧憬与向往。在这个如诗如画的花季里，编织出希望的篇章，搭建梦想的舞台。

青春无价，难以用金钱物质去衡量。每个人的人生各有不同，青春的轨迹也会不同。落寞，消沉，激情洋溢，都是一种状态的体现。在时光的流逝中，年少轻狂也好，懵懂羞涩也罢，终须经历努力与坚持，才能让梦想开花结果。

青春有泪，青春有苦，酸甜苦辣，喜怒哀乐，终是人生的必经之路。洒脱是一天，郁闷也是一日。清晨，朝阳冉冉升起的时刻，我们便迎来了新的开始。朋友，抛弃所有的不愉快与伤感吧，在你落寞时、伤感时，不要抱怨，不要退缩，假如生活抛弃了你，请欣赏它的美丽。

　　青春无悔，激情奔放，美丽的鲜花有枯萎的一天，人生亦如此。岁月如同一条蜿蜒曲折的河流，青春在指缝间偷偷地溜走，不会为谁驻留。珍惜短暂的青春花季吧，正如珍惜自己生命的价值。

　　大好青春莫辜负，脚下的路，虽然坎坷，纵使波折，也要脚踏实地、无怨无悔地走下去。活着，生活就要继续，生命存在就要去拼搏，有梦在，青春无悔。

　　青春是广阔的蓝天下展翅的雄鹰，无畏风雨；青春在浩瀚的大海上勇敢的水手，不惧风浪，在和海浪做最完美的合唱；青春是都市的霓虹灯下，你侬我侬，两情相悦，海誓山盟；青春是广场上的热舞，似华尔兹一样优雅不俗；青春似一团燃烧的火焰，在小伙子的胸膛跳跃，燃烧；青春似一曲相思的韵律，在姑娘的脸上和眉间荡漾；青春似一段简短的旅行，要用新奇去体验，用冒险去找寻。

　　今夜我用墨香点点，洋洋洒洒地记载我流逝的青春。动情处，任凭泪水洒落在字里行间，无须掩饰与伪装，面对浮华的尘世，用坦然与豁达的心态，来面对人生之路。

　　纵观尘世，也许是世俗的低迷，还是人生肩负的东西太多，生活的负累使我们一次次地用伤感与消沉来抒写自己，疲惫与压抑抑制了我们的热情。多愁善感，缺失了青春的气息。

　　蓦然回首，似水年华，春已不再来。人生之路深一脚浅一脚，终究无法预测。时光如白驹过隙终究无法为谁回头，也不会等待与驻留，何况短暂的年华？

　　感慨人生，有太多的开心与希冀，溢满胸怀。青春蕴含了多少人的心酸与希望，流逝了多少曾经？

　　问自己还会有青春吗，光阴似箭，岁月蹉跎，如今的我们还有多少青春可以挥霍，多少希望还萦绕在心头，激情还能保鲜多久？

　　似水年华，青春是最美丽的风景，也是最值得珍惜的年华。年华匆匆，如过客般远走，无法触摸到青春的唯美。脚步在匆忙中奔走，怎会为你的失意而挽留，青春的痕迹已经把沧桑的容颜漂洗，年轮已经把成熟的男女推向了中年的渡口，激情的幻想与浪漫不再拥有，为何不珍惜短暂的拥有呢？

人可以很平凡，也可以很简单，但是不要抛弃对生活的热爱。做到了这些，实际青春已经在我们身边，离我们并不遥远。青春的国度里，阳光明媚灿烂，并非被灰色掩埋。

回味生活，原来拥有青春活力的不只是少男少女，还有那些热爱生命和生活的人。青春不是二十岁的花季，它属于挑战生命与饱含激情的人们。

浮华过后，岁月沧桑，一切如同过眼烟云。一样的生命，不一样的生活，沉淀了太多的感慨。昨天，我感叹青春的远走，不再为我停留；今天我用文字寄托于青春的梦想，或有失落与忧伤，或有美好与成长，但愿在人生风雨过后的明天，我们期盼的青春能够在美丽的文字里尽情地飞扬，不再有忧伤。

看人间，风景尤好；写生活，五彩斑斓。放飞我满载希冀的孔明灯，在浩瀚的文字海洋里，乘着我们希望的航船，吹响青春的号角，让久违的青春在知识的海洋里澎湃激昂……

8... 给生命一丝勒痕

仲夏夜的一场雨，洗净了连日来的灰尘，清晨，推门走出室外，深呼吸，天是湛蓝的，地是清爽的，满眼的绿，顿时神清气爽。

这样的清晨，最适合走走。踏着湿润的泥土，去婆婆的小菜园瞧瞧。夏日里，乡下的菜园是饭桌上的主角，谁家都不能少了它，按照婆婆的话说，饭桌上抱空碗，婆娘太偷懒。好多年夏天没来乡下了，这次住得最久，经常去菜园摘菜，摘西瓜，用儿子的话说，这样的日子真好，过得没压力。

菜园外侧种豆角，从墙里的架子上爬出了墙外，豆荚开着小紫花、小白花，爬山虎撑开紫色的小喇叭，挂着露珠，迎着阳光笑呢！

豆角藤扭着弯儿相互缠绕着，结满了一串串豆角。剥开叶子，伸手去摘喇叭花，却瞧见一只圆滚滚的倭瓜藏在豆角藤下。一条细细的藤蔓，从菜园里的地上，爬到了墙上，然后开花、结果，果实慢慢长大，长成一颗四五斤重的大倭瓜，天啊，它该有多大的力量啊！

仔细端详这颗倭瓜，它被豆角藤，爬山虎的枝蔓缠绕着，身体表面有着一些深浅不一的勒痕，可它墨绿色的身体还是很结实的。

生命是脆弱的，又是顽强的。很难想象，菜园角落里的那株倭瓜苗，要经历播种，发芽，长出叶片，伸出水蔓，再开出黄色的倭瓜花，通过蜜蜂授粉，才结出果实。一根细细的藤蔓，承受那么大的负重，是多么的不可思议啊！

倭瓜的生长过程，和人的一生也极其相似，却有所不同。植物的生存法则是顽强的，即便有再大的压力也顽强地活着，不怕负重，不怕勒痕，迎着阳光雨露卑微且伟大地活着。

生活中具有倭瓜精神的人不多，许多人遇到挫折，退缩，抱怨，害怕承受压力，总想一劳永逸，消极懈怠，丧失直面痛苦的勇气，和这株倭瓜苗比，太渺小了。

　　是啊，要给生命一丝勒痕，不能一味地让其只有坦途、没有坎坷，那样，不仅不能培养出好的人格，还能让其越来越懈怠，不思进取，浪费了宝贵的生命。

9... 情浸墨池，君在何方

生命在享受着四季的滋润，每个人都有其不可逆转的生活轨迹。它如落叶飘飘，如浮云渺渺，如大海行舟，如荆棘满布，在固定的轨迹做不可能被固定的俗世变换。春夏秋冬可以变换，人的信念可否会变，我不知？

人海茫茫可以相遇，注定了那份可遇不可求的机遇。你、我、他都是普通人，人海里微乎其微的一滴水，沙漠的一粒沙，树上的一片叶子，那样的简单而平常。

也许上天注定个人的爱好与心境，生活赋予我们的太多，有的人喜欢金钱与物质，有的人喜欢名利与繁华，我们这些多愁善感的人却独爱文字，在文字里找寻自己的归宿，与文字倾诉自己的情感，诠释人世间的善恶美丑、真诚与虚伪。

　　文字是一把无形的利刃，它可以把自信的人击垮，也可以让落寞的人振作。环境的改变，一切皆因为心态与现实的差距。如今的尘世，我们在不同的角落里演绎自己的生活，人心向暖，在文字里我们找到了久违的温暖。

　　落寞时，一句不经意的问候与支持，便给予了我们力量；开心时，几句赞赏与分享寄予了我们太多的希望。生活中，我们可能有很多的身不由己，但对于文字的眷恋更多的是感情。不可否认，每一段文字无论写得好与坏、对与错，都记载了我们的生活，写意了真实的情感，倾注了我们深深的爱。

　　人世间有无数的爱，最难割舍的就是喜爱。如果让一个人放弃自己喜爱的东西或喜爱的事情时，都会痛苦与挣扎。我是一个对文学痴迷的人，独爱文字给予的快乐，相信我们都一样，无论生活遇到了什么不开心与不可逾越的沟坎时，能放弃自己的爱好，也是最艰难的抉择。

　　世界之大，我们在不同的环境中，用情感来展现自我。人人都有梦想，也许我们的梦不是要成为作家乃至文豪，只是希望用心灵的音符去演奏生活的乐章。爱文字的人是善良的、细腻的、多情的。他们是有责任的，他们对生活充满幻想，还有激情。

朋友，还记得我们过去的一切吗？每一个深夜，我们都会用心灵去聆听世界的声音。每一个黎明都会展望美好的一天，每一次的抒写都倾注了全身心的情感，每一次落泪都是内心最真实的感动。

好男儿志在四方，可是文字是一片无涯的海洋，你如何逃得脱？多才女德貌并在，在似水的流年里，如何放弃了在文字里可以倾吐的心灵港湾，你于心何忍？人都有七情六欲，也许情与爱是永远的话题，在我们喜欢这里的时候，我们就会对它喜爱，在我们喜爱的同时，我们就倾注了情。

如此的人世间，有很多的无奈与不舍，离开时，请记住你们曾经深爱过这里，这里曾经给予了你们快乐，还会不会留下泪水与依恋，请带走我们给予的真情与温暖，还有真心的祝福。

冬日在寒冷中惨淡，是因为一个个离去的背影里，溢满了忧伤，留下的一颗颗心也揪心牵挂。冬季不会漫长，春天不远，鲜花开满枝头的时候，你在哪里？

　　独自站在阳台，凝目眺望，珠江依旧蜿蜒绵长，看不到尽头，江水奔流无法停息，几只被搁浅的沙船在静静地等候。风在吹落梧桐的枝叶，无法再把春的气息拾起，而我在静静的文字里仍然品味着墨香给予的愉悦，那芬芳的墨色渲染着我盛满忧思与情感的海洋，此刻，君在何方？

10... 过生命的长河

每一个生命的行程，都如同一条蜿蜒曲折的河流，兜兜转转，暗潮涌动，绝对不可能一生风平浪静。

短暂的一生中，我们从呱呱坠地，咿呀学语，乃至一步步成长都需要经历生活的打磨，不可能永远生活在安逸中，脱离了现实。

曾几何时，为了生存，怀揣着梦想，多少人毅然走出了故乡那片沃土，踏上了漂泊之旅。当背起空空的行囊，走进了大都市，徜徉在霓虹灯下，汇入滚滚的人潮中时，上紧的发条便无法停止奔波的脚步，每个人都在生存的斑马线上奔跑。

常说，襁褓中的婴儿需要父母的呵护，而走进了生活和社会的大熔炉里，我们便需要成长。不断的磨砺，让稚嫩的我们逐渐沉淀自己的心智，不断完善人格，在与他人的交往中学会怎样面对世事的无常、人情的冷暖，坦然接受生活的赋予。

走出了故土，一切变得陌生，那个养育我们长大的村庄，爱着我们的亲人，陪伴我们一起长大的朋友们逐渐被遗忘，似乎成了干枯的河床。

记不得有多少年没回故乡了吧！

曾记得，儿时的清清小河里，伙伴们下河捉泥鳅、赶鸭子，巷子里玩耍、田野里挖野菜、打布口袋、跳房子、掏鸟窝的时光，多好啊！

如今，走在巷子里，几乎看不到人影。站在村庄的这头，只能看到稀少的房屋，几缕淡淡的炊烟，那些充满回忆的画面突然间消失了。走在村落里，怅然若失，昔日熟识的邻居大婶，鬓角斑白，皱纹爬上了额头，没了当年的活力。见面后，突然叫不上名字了。前几年，侄女婚礼上见到了年过七旬的姑姑，不再是以前针线活儿麻利、走路健步如飞的模样了。满头的白发，堆积起来的皱纹，干枯的手臂，脸上失去了昔日的光彩。我想，是年轻时候的劳累，让她过早地衰老，面对眼前的姑姑，心底隐隐地疼痛着。从小就疼爱我的第二个母亲，想妈妈了，躺在她的怀里，好吃的偷偷留给我，给我熬夜缝补衣裳，不愿意回家，常常住在姑姑家里，几乎成了我的第二个家。如今呢？工作忙了，一年不打一个电话，几年不互通消息，忘了过去，忘记了感恩，狠心地看着她苍老，却无动于衷。

老了，老了，故乡老了，人老了，时光也老了。昔日欢声笑语的巷子，静寂无声；夕阳下，牛马成群奔跑的乡间路上，少了悠扬的牧歌。老去的村庄变了模样，空荡荡的少了人影，炊烟袅袅的过去不在了，空留断壁残墙的荒凉。

时光的河流，奔腾一去不复返了，一切都变了模样，追不回来了……

偶然的一次机会重回母校，站在校园门口突然愣住了。曾经的校园，垂柳疏斜，绿茵如毯，我们纵情在操场上奔跑。一大群孩子，整齐地坐在教室里，朗朗的读书声，在校园上空回荡。如今，两排平房，能容纳几百个学生的校舍，早已换了主人，改成了养鸡场。那时候，每逢节日，全校师生戴着红领巾，一起举起手臂升旗的画面，体育老师领着我们做早操的场地，竟然杂草丛生，荆棘遍布。物是人非，一切不复返了，那些值得回忆的画面淹没在远去的时光中，打捞不起来了。

美好的时光，总在少年时，只一眨眼，就在忙碌中被虚度了。

匆匆，匆匆，人生的脚步太匆匆，来不及思考，就淹没在无数个昨天里了。曾经故事里的主角，变了身份，少了联络，多了生疏。

如今，每逢佳节，夜深人静的时候，又有几个漂泊他乡的游子会遥望故乡的方向，对着夜色，将过往收藏的回忆一一打开呢？

时光从来不厚此薄彼，不论你是富商巨贾、平民百姓，都无法阻挡年轮的脚步，不是吗？短暂的生命行程中，我们一步步走向希望，又一次次让它从指尖溜走，从清晰的画面里，遗失淡忘，让生命成长，让青春荒凉。

沧海一滴水，恒河一粒沙，没有磨砺，难以成长，历经坎坷，才是生活的本色。在生活的河流中，每个人都是一粒沙、一滴水，简单而平凡。

我是从来不承认老了的人，心态始终是天真的和小姑娘一样，不肯老的。突然，有一天，梳头的时候，镜子的折射下，发现发间竟然多了一根白发，那么清亮，那么的长。小心翼翼地拔下来，放在手掌心，仔细地看着，心里有些不安起来。

该来的要来，该去的无法挽留，比如成长，比如年华。此时，渐渐长高的儿子，每天找我谈心，成了亲密的朋友。捧着我的脸，嘟着小嘴儿亲我的脸庞。搂着我的腰亲密的叫我老妈，一切一切证明，他长大了，心智在成长，不再是那个稚气未脱的孩童了。

每每此刻，内心有种说不出的感动，还有不安。孩子大了，我老了，他有自己的路要走，怎么能陪着我一辈子呢！

流水匆匆不停歇，如同生命中的万千过客，生命川流不息，恰似一条奔涌的河流，顺流逆流，永远不能停歇……